福島県の万葉植物たち

湯澤陽一

歴史春秋社

はじめに

万葉集は我が国最古の和歌集で、巻二十巻よりなり、天皇から一般市民まで約四五〇〇首の歌が収録されている。時代は四世紀の仁徳天皇の御代から天平宝字三年（７５９）までの歌が収められている。歌が詠まれた場所は陸奥から鹿児島までと幅広く、福島県でも会津磐梯山、安達太良山、南相馬市鹿島区（旧真野村）、いわき市久之浜（他の説もあり）、いわき市平上片寄（他の説もあり）など、多くの場所で詠まれている。巻十四―三四二六の会津嶺は会津磐梯山、巻十四―三四二八の安太多良は安達太良山、陸奥の真野は相馬郡真野村（現在一九五四年に町村合併により、鹿島町となり真野の地名は無くなった）のことである。巻十四―三五六三の比多潟はいわき市久之浜町であるとする東北大学名誉教授扇畑忠雄氏の説により、旧相馬中学校第三十三回卒業生と久之浜町の有志が、波立（はったち）海岸の波立寺境内に歌碑を建てている。また巻十四―三四二七の可刀利はいわき市上片寄一帯を指すとする扇畑忠雄氏の説により平石森山に歌碑が建立されている。古文書か古地図に比多潟を久之浜と、可刀利は平片寄一帯と呼んだことが記されているのだろうか。会津磐梯山、安達太良山、陸奥の真野の三ヶ所は問題ないが、小学館発行の『日本古典文学万葉集』では比多潟は所在不詳、可刀利は陸奥の香取神社と関係のある所としている。作者も、天皇、皇族、高官、兵士、僧侶、防人（さきもり）、農家の娘から遊女（あそびめ）まであらゆる層の人達の歌が選定されている。遊女の中で身分の高い客を相手にする女性は、客と話を合わせる為、勉強をし相当な教養を持った者がいたらしい。歌の内容は、天皇を称える歌、自然の美しさを詠んだ歌、男女の恋の歌、天皇行幸の供をしての旅先から妻に送った歌など多様な歌が収録されている。中には女性から男性を誘う歌があったり、近親相姦関係の歌もあり、万葉人の性はおおらかであったようだ。その中で、植物を詠った歌が一七〇〇首あまりあり、詠われている植物の数は一六〇種にのぼる。

万葉集の歌は全て漢字で書かれており、しかも現在のような一般図鑑で用いられている標準的な和名がなかった時代の為、都周辺や赴任地での方言が用いられている。例えば、センダンは万葉表記では阿布知、安不知、安布知、相市などと記されている。その為、植物の名なのか地名なのか判断に困る名もあり多くの説が提唱されている種もある。中には一種に絞るのが困難な種もある。本冊子では万葉集で詠まれている植物のうち、福島県に自生する植物と栽培されている種を、筆者の独断と偏見で一種に絞り解説したものが多い。このような考えもあるのかと軽く読み流してほしい。和名は種を特定した場合はカタカナで、「すみれ」や「しば」のように幾つかの種類の総称の場合はひらがなで記した。

目次

アオツヅラフジ

駿河の海 おしへに生ふる 浜つづら
汝(いまし)を頼み 母に違(たが)ひぬ

東歌（巻十四—三三五九）

「おしへ」は磯辺の訛。「駿河から浜つづら」までは譬喩的な序。歌意は「駿河の浜辺に生えているアオツヅラフジのように、そなたばかりを頼りにしていた為、母と仲たがいをしてしまった」というもの。古代では父親が不在なことが多く、家の中では母親が親権を持っていた。その母親を無視して子供に頼っていたので、母と仲たがいをしてしまったという意味。

アオツヅラフジはツヅラフジ科の落葉木本で、茎は蔓のように長く伸びる。茎は緑色で無毛。葉は互生し、長い葉柄があり、卵形から広卵形で無毛、全縁である。先端は鈍頭、ときに弱く3裂する。夏に葉腋から円錐花序を出し、黄白色の小花を多数つける。秋に青黒色の腋果をつける。全国的に普通に見られ、『福島県植物誌』には会津地方からは南会津郡下郷町ほか3ヶ所、中通り地方からは郡山市三森峠ほか4ヶ所、浜通り地方からはいわき市平石森山ほか3ヶ所が記録されている。『福島県植物誌』ではページ数を節約する為、産地を数ヶ所に絞ったので、実際にはもっと多数の産地がある。

いわき市平赤井小玉ダムのアオツヅラフジ

あをな

食薦（すごも）敷き　蔓菁（あをな）煮持ち来（こ）　梁（うつはり）に
行縢（むかはぎ）掛けて　休むこの君

長忌寸意吉麻呂（ながのいみきおきまろ）（巻十六―三八二五）

「食薦」は食事をする時に敷くむしろのようなもの。イグサやマコモを編んで作られた。「行縢」は馬に乗る時に脚部を包むもの。多くはクマの皮で作る。「持ち来」の来は持ってこいの意の命令形。「梁」は屋根を支える為、横に渡した太い材木。歌意は「食薦を敷き、青菜を煮てきなさい。梁に行縢を掛けて休んでいる君に」というもの。君は誰か不明。天皇か。行縢をつけているのだから、狩りの途中に作者の家に立ち寄ったものか。身分の高い人であったのだろう。「蔓菁」は『和名抄』では加布良としており、『和名草本』では蕪青としているので、カブが定説となっている。カブは昔中国から伝来したもので、時期は七～八世紀ころといわれる。現在は肥大した地下部を食べるが、昔は地上部の葉を食べていたらしい。古くはククタチナ（茎立菜）と呼ばれ、主要な野菜であった。茎立菜は茎が立つ野菜の総称で、カブ、アブラナ、タカナなどを指していた。十七世紀になり洋種が入り、白色だけでなく、紫色、黄色、紅色などの園芸品種が改良された。地上部を食べるカブをイメージしたほうがよい。

栽培されたカブ

アカネ

あかねさす 紫野行き 標野行き
野守は見ずや 君が袖振る

額田王（巻一―二十）

天智天皇は白雉十九年（668）年旧暦の五月五日に薬狩りを行った。薬狩りとは男子は馬で鹿を追い若角を取り、女子は薬草を摘んだ。場所は皇室の御料地蒲生野（現在の滋賀県）で行われた。「あかねさす」は枕詞。「標野」は一般の人が立ち入れない場所。「しめ」は特別な標を付ける意味。額田王は天智天皇の弟の大海人皇子の妃となったが、後に天智天皇に召された。天智天皇や側近が小高い丘で狩りをしたり、薬草を摘んだりしていた時、大海人皇子は麓にいて、額田王に対ししきりに袖を振っていたのだ。これを見た額田王が「紫草の生えているこの御料地の広い野を、あちこち行き来している野守に、あなたが袖を振っているのを見られるではありませんか」とたしなめている歌である。紫草はムラサキのことで、昔から染料として用いられていた。

アカネは本州から九州まで広く分布するつる性の多年草で、山地林縁や野原に普通に生育する。茎は長く伸び、断面は四角形で逆刺がある。葉は正葉が2枚、托葉が2枚ほぼ同形で輪生する。根が赤く、乾燥すると黄褐色になる。万葉集ではアカネを枕詞として用いられている。根にプルプリンという赤色の色素を持ち、上代染めの緋色の染料として使われていた。媒染に灰が用いられ、灰の量が多いと赤味が強くなり、少ないと黄色味をおびる。漢名は茜草。

いわき市好間町上好間のアカネ

アカマツ

茂岡に 神さびたちて 栄えたる
千代松の木の 年の知らなく

紀朝臣（きのあそみ）鹿人（かひと）（巻六―九九〇）

いわき市平石森山のアカマツ

「茂岡」は現在の奈良県桜井市あたりの山とする説と木々の茂った丘という普通名詞とする考えがある。どちらにせよ小高い丘であろう。歌は「この丘に神々しく聳え立つ古い松、千年も経ったかと思われる松の木はもうどれほど長い年月を経ていることであろうか」の意味。その老木に敬意を表して詠んだ歌。クロマツは海岸沿いに多い松で、アカマツは丘陵地に多い。この歌の松は丘の上に生えている松なので、アカマツと考えるのが妥当であろう。アカマツは環境適応能力が高く、普通の土壌にも生育するが、山の尾根筋のやや乾燥したところにも生える。岩場の水環境が悪い所は一般の植物が生育しにくい。そのような環境に成立するアカマツ林を地形的極相林と呼んでいる。霊山、木戸川渓谷、高瀬川渓谷、夏井川渓谷の尾根沿いには美しいアカマツ林が見られる。中通り地方では低地でもアカマツ林が見られる。中通り地方の低地に見られるアカマツ林は気候的極相林と見る研究者もいる。

アカマツの名は樹皮が赤灰色であることから名付けられた。老木になるほど樹皮の赤味が増す。葉は二本束生し、針状で先端鋭く尖る。樹脂道は3~10個あり表皮に接する。材は建築用や土木用に用いられる。北海道南部から九州まで広く分布する。郡山市福原のマツ、その他須賀川市大字上小田字古寺の「古寺山の松並木」、須賀川市大字西川字一本松の「西川の太郎松」、河沼郡会津坂下町大字東末字八百刈の「天屋の束松」田村郡大越町大字早稲川字高野作の「早稲川の傘松」、西白河郡泉崎村大字踏瀬の「五本松の松並木」などが県の天然記念物に指定されている。

アカメガシワ

伊奈美野(いなみの)の　あから柏は　時はあれど
君を吾(あ)が思(も)ふ　時はさねなし

安宿王(あすかべのおほきみ)（巻二十―四三〇一）

「伊奈美野」は播磨の伊南野。「あから柏」はカシワ説もあるが、トウダイグサ科のアカメガシワ説が有力。カシワは黄褐色になるが、美しく紅葉することはない。

アカメガシワは全国に普通に分布する落葉高木で、樹皮は褐色である。葉は長い柄を持ち、互生し卵形または円形で先端尖る。若葉の時は紅赤色の毛が密生し葉全体が赤くなる。時が経つにつれ赤味が薄くなる。福島県の浜通り地方ではごく普通に見られるが、中通り地方では稀となる。京都北野天満宮の「あから柏祭り」は十一月一日に行われ、葉にお供え物を盛り、神前に供える。この歌は平城宮で新年の宴が行われた時、上席に聖武天皇と母后の光明皇太后がおられた。この時仰せを受け、安宿王が新年祝賀の歌として奏上したもの。歌意は「私の任国の播磨の伊南野のあから柏は、赤くなるにはその時節がありますが、私は天皇のことを時節の区別なくいつも大事に思っています」と詠っている。天皇に対する忠誠心を詠ったもの。アカメガシワは赤芽柏または赤芽槲と書き、古くは楸、久木と呼ばれ、別名として五菜葉(ごさいば)、御菜葉(ごさいば)、菜盛葉(なもりば)などともよばれた。アカメガシワの葉の色の変化が歌意に合い、あから柏をアカメガシワとするのは妥当と考える。

いわき市好間町上好間のアカメガシワ

アケビ

狭野方(さのかた)は 実にならずとも 花のみに
咲きて見えこそ 恋のなぐさに
作者不詳(巻十―一九二八)

「狭野方」は地名とする説と、植物(アケビ)とする説とがある。「かた」は巻十四―三四一二に「蔓はがた」と詠まれているように、つる性の植物と考えられ、アケビ説が有力である。「花のみに咲きてみえこそ」は、花は華やかだが、実のないあだなものという意である。アケビの花は全てが実にならない。歌意は「狭野方は実にならなくとも、花だけでも咲いて見せておくれ、恋の慰めに」というもの。歌意からもアケビ説を支持したい。

狭野方は 実になりにしを 今更に
春雨降りて 花咲かめやも
作者不詳(巻十―一九二九)

歌は「狭野方は実になりましたのに、今更春雨が降っても花が咲こうか」といっているのだ。すでに人妻になっているのだから、あだな交際はしません、という気持ちを詠んだもの。

アケビ科アケビ属にはアケビとミツバアケビがある。アケビは小葉が5枚だが、ミツバアケビは小葉が3枚である。両種とも福島県に普通に見られる。アケビの語源にはいろいろな説がある。果実は熟すると一方向に縦列することから開け実がアケビとなったとする説もある。

いわき市三和町新田のミツバアケビ

アサザ

か黒き髪に ま木綿（ゆふ）持ち あざさ結ひ垂れ
大和の 黄楊（つげ）の小櫛を 押へ刺す
うらぐはし児 それぞわが妻

作者不詳（巻十三―三二九五）

この歌は長歌の後半部。か黒きの「か」と、ま木綿の「ま」は共に接頭語。木綿は楮（こうぞ）の繊維。「黄楊の小櫛」はツゲで作った櫛。「あざさ結ひ垂れ」はアサザの花を髪に飾りとして垂らしての意。後半部の歌意は「黒々とした髪に木綿でアサザを結びたらし、大和の黄楊の櫛を髪の押さえに刺している美しい女の児は私の妻ですよ」というもの。「あざさ」は現在の標準和名のアサザのこと。万葉表記では阿邪左と記されている。

アサザはミツガシワ科の水生の多年草。根茎は水中のドロの中を這い、葉を水面に浮かべる。その為適度な深さの所に限り生育する。葉は卵形から円形で径5～10㎝、縁に波状の鋸歯がある。初夏に3～12㎝の花柄を出し、黄色の5弁花をつける。花冠は径3～4㎝、黄色で5深裂し、縁に長い毛がある。花は午前中に開き、午後には閉じる。その為観察には午前中が良い。

福島県では猪苗代湖からだけ記録され、絶滅危惧Ⅱ類に指定されている。生育地は猪苗代湖の北岸で湖岸からは観察不能で、観察にはボートを利用するほかない。白鳥浜では湖岸近くに生育しており、長靴があれば観察できる。群生地の対岸の郡山市湖南の海岸には個体数は少ないが、アサザの生育が見られ岸から観察可能である。いわき市のくらしの伝承郷の中庭にアサザが栽培されている。

猪苗代町猪苗代湖のアサザ

いわき市くらしの伝承郷のアサザ

アシ（ヨシ）

葦（アシ・ヨシ）は鶴と詠まれた歌が十一首、鴨と合わせて詠んだ歌が九首あり、万葉集ではその他合わせて計四十九首詠われている。
◎鶴と合わせて詠われた歌

和歌の浦に　潮満ち来れば　潟を無み
　葦辺をさして　鶴（たづ）鳴きわたる

山部赤人（巻六—九一九）

山部赤人の有名な歌である。潮が満ちてくるに従って、鶴が岸部の方に移動して来る情景を詠んだもの。
◎鴨と合わせて詠んだ歌

葦辺ゆく　鴨の羽交（はがい）に　霜降りて
　寒き夕は　大和し思ほゆ

志賀皇子（巻一—六四）

この歌は文武天皇が難波の宮に行幸した時、共をした志賀皇子が詠んだ歌。歌意は「岸辺の葦の生えているあたりを泳いでいる鴨の羽に霜が降って寒い夕は故郷の大和を想いだされる」という意。

アシ（ヨシ）はイネ科の多年草。水辺の湿った環境を好み群生する。草丈は3ｍに達し、葉は幅2～3㎝で次第に細くなり先端尖る。八～十月に穂状の円錐花序を伸ばし、淡紫色の花を多数つける。北海道から九州までの湿地に普通に生育する。

近縁種にツルヨシがある。河川の岸辺に群生する。ヨシには地上匐枝がないが、ツルヨシは長い地上匐枝がある。

いわき市鹿島町下矢田のアシ

アジサイ

あぢさゐの　八重咲くごとく　八つ代にを
いませわが背子　見つつ偲はむ

橘　諸兄（巻二十―四四四八）

歌は「アジサイが幾重にも群がって咲くように、変わりなくいつまでもお健やかにいて下さい。私はこの花を見るたびにあなたを想い出しましょう」の意。この歌は天平勝宝七年（755）に、右大臣弁丹比国人真人の家で、左大臣橘諸兄を招いて宴会を催した時、諸兄が真人を祝って詠んだ歌。アジサイの花が色を変えて長く咲き誇るようにいつまでも健康でいてほしいと、真人を祝って詠んでいる。

アジサイの仲間はガクアジサイ、ヤマアジサイ、タマアジサイ、エゾアジサイ、コアジサイなど多くの種類がある。京周辺の山地で最も普通な種はタマアジサイである。タマアジサイは福島県の山地にやや普通に産する。一般にアジサイは花の中央部に多数の両性花があり、周辺に装飾花がある。タマアジサイは宮城県が北限になっていて準絶滅危惧種に指定されている。装飾花のない種にコアジサイがある。中通り地方では甲子高原、東白川郡塙町、八溝山、大滝根山、矢祭町、浜通り地方では、いわき市遠野町、田人町四時川渓谷、川部町などからの記録がある。タマアジサイは明るい林床に群生する。この歌の「あぢさゐ」はタマアジサイを詠んだものか。

いわき市水石山のタマアジサイ

いわき市四時川渓谷のコアジサイ

南会津郡檜枝岐村のエゾアジサイ

アズサ

梓弓　引かばまにまに　よらめども
後の心を　知りがてぬかも
石川郎女（巻二―九八）

いわき市小川町のアズサ（古川眞智子氏撮影）

これは久米禅師が石川郎女に求婚した時の贈答歌五首の中の一首。歌意は「あなたが私の心を本当に引いて下さったら、私はあなたに従いましょう。しかし、あなたが何時までも心変わりしないでいて下さるかどうか、行く末は分かりません」というもの。石川郎女は大化の改新の折、天智天皇や中臣鎌足と共に、蘇我入鹿を滅ぼした蘇我倉山田石川麻呂の類縁の者と思われる。この歌の相手の久米禅師は名からすると僧侶であったろう。僧侶が女性に求婚するのは変に思われるが、はりまや橋でかんざしを買う僧侶も居たことだし、僧侶が女性を口説くこともあったのだろう。

アズサ（別名ヨグソミネバリ）は全国的に広く分布し、福島県では会津地方から大沼郡博士山ほか4ヶ所、中通り地方からは伊達市霊山ほか4ヶ所、浜通り地方からはいわき市二ツ箭山ほか3ヶ所記録されている。

双葉郡浪江町のアズサ（薄葉満氏採集標本）

樹高は20mに達する落葉高木で、樹皮は灰黒色で、傷をつけると独特の臭みのある樹液を出す。葉は互生し、卵状長楕円形で重鋸歯縁、先端やや尖る。幹を傷つけると出る特異な臭いは便臭とは異なるが、臭いが周辺を漂うことからヨグソミネバリの名が付けられたものか。樹は弾力性があり、弓に用いられた。樹は弾力性があり、弓に用いられた。梓弓はこのアズサで作った弓のことである。

アセビ

磯の上に 生ふるあしびを 手折らめど

見すべき君が ありと言はなくに

大来皇女（おほくのひめひこ）（巻二―一六六）

この歌は天武天皇の皇女、大来皇女が弟の大津皇子が刑死した後に、伊勢から帰京する時に詠んだ歌。歌意は「磯のほとりに生えているアセビを手折って帰り、これを見せようと思う君はまだ生きているとは誰も言ってくれない」というもの。刑死して不遇な死を遂げた弟への哀切の情が詠まれている。

アセビはツツジ科の常緑低木で、本州から九州までの低山でやや乾燥した山地に生育し、樹高1.5～3ｍに達する。福島県では浜通り地方ではごく普通に見られるが、中通り地方ではやや稀となり、会津地方からの記録はない。葉は革質で厚みがあり、表面やや光沢がある。早春に枝先に複総状花序を下垂させ、壺型で白色の花を多数つける。葉にアセボトキシンという毒素を含み、馬が食べると麻痺するので馬酔木と書く。アセボ、アセボノキ、アシミ、アセモなどの別名がある。和名アセビは「足痺（あししび）」からとも「はぜ実」からともいわれる。庭木として植えられる。また街路樹の根元にも植えられる。いわき市好間町工業団地に行く道路の縁にはややピンクがかったアセビが植えられている。

いわき市平石森山のアセビ

アナアオサ

――にきたづの荒磯(ありそ)の か青く生ふる
玉藻沖つ藻 朝はふる 風こそ寄せめ
夕はふる 浪こそ来寄せめ
浪のむたか寄り各寄る 玉藻なす
寄り寝し妹を――

柿本人麻呂（巻二―一三一）

「にきたづ」は島根県江津市の付近かといわれるが、正確な場所は不明。「か青く生ふる玉藻」の「か」は接頭語。この歌の玉藻は青々とした海藻であるから、紅藻類や褐藻類ではなく緑藻類の海藻を指している。磯の上に普通に生えている緑藻類はアナアオサである。アオノリも考えられるが、磯での生育量は少ない。「朝はふる」は朝方沖から打ち寄せる波を、鳥が羽ばたくように、海神が波を起こすと見た表現。「浪のむた」は浪と共にの意。歌意は「にきたづの荒磯のあたりに青々と生える玉藻に、朝吹き付ける風が押し寄せるだろう。その波と一緒にあちこち寄る玉藻のように寄り添って寝た妻を…」というもの。

この歌は柿本人麻呂が石見の国から妻と別れ、都に上る時の歌。

アナアオサは福島県の海岸岩礁地帯にごく普通に、しかも大量に生育する。なぜか葉の所々に穴が開いている。この姿がアナアオサの語源になっている。アナアオサの葉の断面は2層からなるが、アオノリは1層からなり中空である。両種とも食用になり、アオノリ粉として売られているのはアナアオサを粉末にしたものが多い。自分で作るなら、アナアオサをよく洗い、水切りをして乾燥させ、フードプロセッサーで細かく砕き、お好み焼きや焼きソバに振りかけていただく。アナアオサの味噌汁も美味しい。

いわき市久之浜町波立(はったち)海岸のアナアオサ

アワ

ちはやぶる　神の社し　なかりせば
春日の野辺に　粟蒔(あはま)かましを
娘子(おとめ)（巻三―四〇四）

この歌は佐伯宿彌赤麻呂という男が、ある女性に求婚した時、その娘が贈った返歌である。「もし、神を祀った社が無かったならば、春日野に私は粟を蒔いていたでしょう」という意である。「神の社」は赤麻呂の妻のこと。「粟まく」は「逢はまく」をかけている。歌意は「あなたに奥さんさえ居なかったら、私は逢いに行ったでしょうに」というもの。「ちはやぶる」は神の枕詞。「社し」の「し」は強意の助詞。「粟まかまし」の「まし」はあり得ないこと、事実に反することを想像する意を表している。赤麻呂は自分の妻がいるにもかかわらず他の女性に求婚していることになる。当時重婚は問題にならなかったのだろう。この歌の作者は遊女だったろうと推測されている。船着き場や酒宴の席で相手をした女性である。

粟は現在栽培している農家が非常に少なくなっている。知り合いに頼み、粟を栽培している農家をさがしてもらった。

会津生物同好会会長の栗城英雄氏が、役場、道の駅などに電話してやっと南会津郡南会津町湯ノ花に粟を栽培している人を見つけ写真を撮影して下さった。栽培者は南会津町の荒井誠司氏である。写真撮影を許可下さった荒井氏にも深謝申し上げる。粟は縄文時代にはすでに栽培されていたようで、イネ伝来以前の主食であった。アイヌもアワを栽培していた。南会津町のアワは食用としてではなく緑肥用として栽培されている。アワは生長が早く、緑肥として最適であるという。

南会津郡南会津町湯ノ花の荒井誠司氏の畑のアワ（栗城英雄氏撮影）

イチョウ

ちちの実の　父の命(みこと)　ははそ葉の　母の命　おほろかに　心尽くして　思ふらむ　その子なれやも　ますらをや　空しくあるべき　梓弓　末(すゑ)振りおこし　投矢(なぐや)もち　千尋(ちひろ)射わたし　剣太刀(つるぎたち)腰に取り佩(は)き　あしひきの　八峯踏み越え　さしまくる　心障(さや)らず　後の世の　語り継ぐべく　名を立つべしも

大伴家持（巻十九―四一六四）

オハツキイチョウの実

いわき市平石森山本行寺の
オハツキイチョウ

この歌は序に「勇士の名誉を振るい立てることを願った歌」とある。歌意は「お前は父母が通り一ぺんのいいかげんな気持ちで心を傾けて思っているような、そんな子ではないのだ、父母が大事に思っている子なのだ。梓弓の先を振り立て投矢を持って遠い先まで射、あるいは太刀を腰に佩び山々を越えて君の仰せのままに働き、後々の世までその名を語り継がれるように功名を立てなければならない」というもの。この歌の「ちち」はどのような植物を指しているかについては、イヌビワ説、イチジク説、イチョウ説がある。イチジクは万葉時代以降に移入されたもので、万葉時代にはなかった。イチョウは中世代に繁茂したが、氷河期を乗り越えられず絶滅し、現在のイチョウは平安時代以降に中国から移入されたとされている。しかし中国で氷河期を乗り越えたものがあるなら、日本でも氷河期を乗り越えて生き残ったものがあってもよい。現在日本のイチョウの古木で最も古いのは樹齢千八百年から二千年のものがある。万葉時代にあったとしても不思議ではない。イチョウの古名に乳木がある。イチョウ説に賛同したい。いわき市平石森山本行寺には葉に銀杏を着ける「お葉つきイチョウ」があり、市の天然記念物に指定されている。喜多方市の長床の大イチョウは巨樹として有名である。

いわき市白水阿弥陀堂のイチョウ

イヌビエ

打つ田に　稗はしあまた　ありと言えど
選（え）らえし我（あれ）そ　夜をひとりぬる

作者不詳（巻十一―二四七六）

歌は「耕した田に稗は沢山あるというけれど、その中で選り除かれたわたしは夜一人寂しく寝ることだ」の意。

イヌビエ属の種として福島県から記録されている野生種としてはイヌビエとタイヌビエの2種類がある。両種ともイネ科の一年草で、全国の田や湿地にごく普通に分布している。水田雑草の代表的な種である。草丈1mになり、分枝は少ない。昔は田の草取りといい、辛い仕事であった。現在は除草剤で除草作業は楽になった。万葉時代は除草剤のない時代であったから、除草は手作業になる。どうしても取り残しが出てくる。その取り除かれなかったイヌビエを、まだ独身で添い寝をしてくれる妻もない自分に重ねて、情けないことだと詠っている。

栽培されているヒエはこのイヌビエから改良されたもの。縄文時代の遺跡からヒエの炭化物が出土している。アイヌも古くからヒエを栽培していた。アワと共に日本ではイネが伝播する以前の最も古い穀物であった。陽性植物で、強い光線がないと開花しない。イヌビエの小穂には長い芒があるが、タイヌビエの小穂には芒が無い。ヒエは漢名稗（ひ）から由来

したとも、日ごと盛んに茂るので日得（ひえ）からともいわれる。

いわき市渡辺町のタイヌビエ

イネ

秋の田の 穂向のよれる 片縁り(かたよ)に
君に寄りなな 言痛(こちた)くありとも

但馬皇女(たぢまのひめみこ)（巻二―一一四）

作者は天武天皇の皇女で、異母兄の高市皇子の妃として家にいた時、同じ異母兄の穂積皇子に心を寄せて詠った歌である。「穂向きのよれる片縁に」は稲穂が一方に片寄って穂を垂れている様。「言痛くありとも」は世間の噂がひどくともの意。歌意は「秋の田の稲穂が一方向に片寄って垂れているように、私はひたすらあなたに寄り添いたいと思っています。たとえ世間がどう悪く非難しようとも」というもの。結局皇女は穂積皇子と関係を結んでしまう。現代風にいうなら近親相姦である。

イネの原産地はインド、ミャンマー、タイ周辺の地域である。これらの地域では紀元前四千年前から栽培されていて、古墳や遺跡からその証拠が発見されている。日本には縄文時代後期に渡来したことが判明している。本州北部に伝わったのは十二世紀ころで、北海道ではさらに遅れ、明治に入ってからである。品種改良が進み、北海道のような寒地でも栽培可能な品種が作出されている。最近北海道サロマ湖近くのホテルに宿泊した時、出されたご飯が美味しかった。品種を聞いたら「夢ピリカ」であるといっていた。しかし、まだ大雪山系以東の地域では稲作が行われていない。

いわき市遠野町入遠野の水田

イロハモミジ

わが屋戸に　黄葉（もみつ）かへるで　見るごとに
妹をかけつつ　恋ひぬ日はなし

大伴田村大嬢（おほおとめ）（巻八―一六二三）

歌は「わたしの家の色づいた楓を見るごとに、あなたを心にかけ恋しいと思わない日はありません」と詠っている。この歌は男女間の恋歌ではなく、異母妹の大伴坂上大嬢に贈った姉妹間の相聞歌である。

現在のカエデは「かえるで」からきており、葉がカエルの手を思わせることからきている。モミジとカエデは何が違うのか？という質問をよく受ける。最近テレビで葉の裂片が細いのがモミジで、裂片の幅の広いのがカエデである、という解説を聞いたことがある。そのような区別はなく、イロハモミジの別名にイロハカエデ、タカオカエデがある。学名（ラテン語）は厳密な命名規約があるが、和名には命名規約がなく、一般図鑑で用いられている和名が標準的に使われている。イロハモミジは暖地系のカエデ科の植物で、阿武隈山地や、会津地方では近縁種のオオモミジが多くなる。大伴田村大嬢の家にあったのは暖地であるから、イロハモミジであったと思われる。いわき市渡辺町の「中釜戸のシダレモミジ」はイロハモミジの枝垂れ型である。イロハモミジは『宮城県植物誌』では仙台平野区と島嶼区から報告されており北限である。

いわき市夏井川渓谷イロハモミジ

カエデの仲間

メウリノキ
オニイタヤ
イロハモミジ
コハウチワカエデ
ウラゲエンコウカエデ
カジカエデ
メグスリノキ
ヒナウチワカエデ
チドリノキ

ウキクサ

解（と）き衣（きぬ）の　恋ひ乱れつつ浮き砂（まなご）

生きてもわれは　あり渡るかも

作者不詳（巻十一―二五〇四）

「解き衣」は乱の枕詞。「浮き砂」は小学館発行の『日本古典文学全集万葉集』では水に浮いた砂と解している。しかし、万葉の花研究家の片岡寧豊氏はウキクサとする見解をとっている。砂は粉状になった微小なものなら水に浮くこともあるだろうが、肉眼で見られるほどの大きさの砂が水に浮くことは物理的に考えられない。ウキクサ説を支持したい。片岡氏は「解き衣の乱れるように恋に乱れ、ウキクサのように私ははかなく生きている」と解釈している。

福島県にはウキクサ科の種ではウキクサ、アオウキクサ、コウキクサ、ヒンジモの4種類が記録されている。最も普通に見られるのはウキクサである。ウキクサは日本全土に広く分布し、田や浅い沼などに群生する多年草。葉に見えるのは葉と茎が融合した葉状体と呼ばれるもの。葉状体は5～6㎜で表面は緑色であるが、裏面は紫色を帯びる。葉状体の裏面中央から10本以上の根を水中に出す。晩秋に楕円形の冬芽が母体から離れ水底に沈み、翌年暖かくなると再び水面に浮き繁殖する。水面に群生している様を砂が浮いているように見たのだろう。風が吹くと波に揺れ動く。その様を「恋乱れ」て揺れ動く心に見立てたものか。アオウキクサとコウキクサは根が一本で葉状体の裏面は淡緑色である。万葉集で詠われた「浮き砂」は全国的に分布するウキクサであろう。

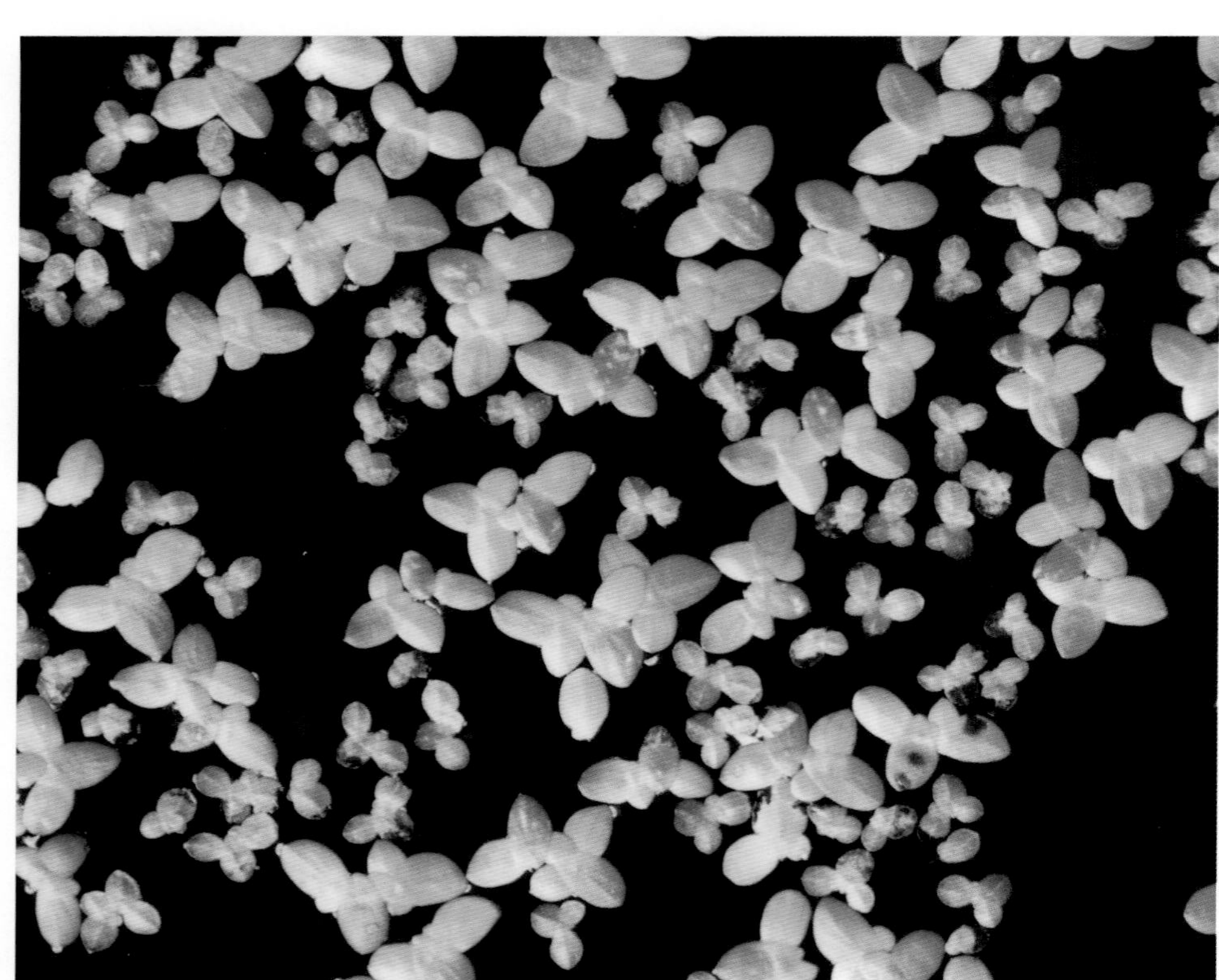

いわき市三和町上三坂のウキクサ

ウツギ

卯の花も　いまだ咲かねば　ほととぎす
佐保の山辺に　来鳴きとよもす

大伴家持（巻八―一四七七）

歌は「卯の花がまだ咲かないのに、ほととぎすが佐保の山でしきりに鳴いている」の意。卯の花は万葉集では二十四首詠われている。そのうちホトトギスとの詠み合わせが十七首ある。どの歌もホトトギスが主体で、卯の花は心理的背景として詠われている。卯の花は万葉表記では宇能花、宇乃花、宇能波奈と記されている。卯の花はウツギの古名。ウツギは茎が中空であるからとか、卯月に咲くからなどといわれる。ウツギに限らず、ハコネウツギ、ツクバネウツギ、ドクウツギはみな茎が中空であるという共通の特徴がある。ウツギはアジサイ科の植物で、ハコネウツギやツクバネウツギなどはスイカズラ科で分類学上の類縁関係はない。ウツギは北海道南部から九州までの低山に普通に生育する落葉低木で、樹高2mくらいになる。2叉に分枝し若枝には細かい毛がある。葉は対生し、長卵形から楕円形で先端尖り、縁には小さく尖った鋸歯がある。花は五～六月に円錐花序をなし、小さな白花を多数つける。豆腐のおからを卯の花という。和食の世界では本来の食材の名ではなく、別の名前でいう文化がある。落語の「千早振る」には「からくれない」をおからをくれないとする珍解釈がある。泉鏡花は貧乏時代おからで食いつないだという。戦中、戦後おからのお世話になった人は多い。いわき市にはウツギの仲間でヒメウツギが分布する。渓谷の岩場に生育する。

いわき市好間町上好間のウツギ

ウミトラノオ

わだつみの 沖に生ひたる なわのりの
名はさね告(の)らし 恋ひは死ぬとも

作者不詳（巻十二―三〇八〇）

「わだつみの沖に生ひたるなわのりの」までは「名は」の序。「さね告らし」の「さね」は決しての意。海藻の「縄のり」と「名は」は同音の関係。歌意は「海の中に生えている縄のりではないが、たとえ恋焦がれて死のうとも、決してあなたの名を明かすようなことはしません」というもの。男女が人に知られてはいけない恋をしているのだろうか。それなら不倫の関係か。世間の噂になり、あなたに迷惑をかけるようなことはしません、といっているのだ。「なわのり」は「縄のり」で縄のような海藻を指しているのだろう。万葉集解説書ではウミゾウメンとしている。ウミゾウメンは細い蕎麦かそうめんのような海藻である。ほとんど分枝せず、粘り気がある。

「縄のり」というのだから、ウミゾウメンより太い海藻だろう。ウミゾウメンを縄に見立てるには細すぎる。縄と見る海藻としてはウミトラノオがぴったりである。潮間帯下部から漸深帯に生育する褐藻類の海藻で、タイドプールにも見られる。漸深帯で生長したものは先端枝分かれするが、潮間帯上部やタイドプールに生育しているものはほとんど枝分かれ

しない。「縄のり」はウミトラノオとしたい。

いわき市久之浜町波立(はったち)海岸のウミトラノオ

ウメ

◎散るウメ

春の野に　霧立ち渡り　降る雪と
　人の見るまで　梅の花散る

筑前目田氏真上（つくしのみちのさくわんでんじのまかみ）（巻五―八三九）

次官以下太宰府管下の筑前守や国司たちが大勢集まった宴の席で詠ったもの。作者の「目」は従八位下相当官、田氏真上は田辺史真上か。歌は「春に一面霧が立ち込め、その中で降る雪かと思うほどに白い梅の花が散ってくる」と詠っている。

◎月とともに詠われた歌

ひさかたの　月夜（つくよ）を清み　梅の花
　心開けて　吾（わ）が想へる君

紀小鹿女郎（きのをしかのいらつめ）（巻八―一六六一）

「心開けて」は梅の花が開くように心も開いて、の意。歌意は「月が清くて梅の花のように心も清々しく思うあなたです」というもの。

雪の上に　照れる月夜に　梅の花
　折りて送らむ　愛（は）しき児もがも

大伴家持（巻十八―四一三四）

「折りて送らむ」の送る主語は作者。歌は「雪の上に月が照る夜に、梅の花を折って送ってやるような、かわいい娘がいたらいいのになあ」という気持ちを詠んでいる。

誰が園の　梅の花そも　ひさかたの
　清き月夜に　ここだ散り来る

作者不詳（巻十―二三二五）

「ひさかたの」は「ひさかたの天」の意で、月夜にかけた。歌は「どこの庭の梅であろうか、大空の清い月夜に、こんなに散ってくる」という意味。

◎鶯とともに詠われた歌

わがやどの　梅の下枝に　遊びつつ
うぐひす鳴くも　散らまく惜しみ

薩摩目　高氏海人（巻五―八四二）

歌は「私の家の梅の下枝を飛び回りながら、花の散るのを惜しんで鶯が鳴いている」と詠んでいる。作者の高氏は高田、高橋、高向、高丘などの略か。海人は伝未詳。

春去れば　木末隠りて　うぐひすそ
鳴きて去ぬなる　梅が下枝に

小典山氏若麻呂（巻五―八二七）

「木末隠りて」は梅の梢に隠れての意。歌は「春になったので、梢に隠れて鶯が鳴いて行くことだ、梅の下枝に」の意味。「下枝」は上枝・中枝に対する下方の枝のこと。小典は太宰府の四等官、山氏若麻呂の人物像についてはよく分かっていない。

梅が枝に　鳴きて移ろふ　うぐひすの
羽白たへに　沫雪そ降る

作者不詳（巻十―一八四〇）

歌意は「梅の枝に鳴いて飛び移る鶯の、羽も真っ白に見えるほどに沫雪が降る」というもの。

いわき市常磐水野谷町梅林寺のウメ

いわき市平南白土専称寺のウメ

◎松と詠む

梅の花 咲きて散りなば 我妹子を
来むか来じかと 我が松の木そ

作者不詳（巻十―一九二二）

「梅の花咲きて散りなば」は梅の花を見に来てくれるのかと待ったが、その甲斐がなさそうなこと。「来じか」は来ないのではなかろうかの意。「松の木そ」は松と待つと同音の掛詞。歌意は「梅の花が咲いて散ったら、恋人が来るか、来ぬかと、私は待つ（松）の木だ」というもの。

◎雪と詠む

雪見れば いまだ冬なり しかすがに
春霞立ち 梅は散りつつ

作者不詳（巻十―一八六二）

「しかすがに」はそうはいうものの、それなのにの意で、逆説に近い接続詞。歌意は「雪を見るとまだ冬なのだが、それなのに、春霞が立ち、梅は散っている」の意。残雪があり、まだ寒いのに、梅が散っている様を詠んだもの。

雪をおきて 梅をな恋ひそ あしひきの
山片づきて 家居せる君

作者不詳（巻十―一八四二）

「雪をおきて」は雪を除外して、雪をさしおいての意。「あしひきの」は山の枕詞。「山片づきて」は一部分に接すること。山の近くにの意。歌意は「雪をさしおいて、梅を恋しがりなさるな、山の側に住んでいる君よ」の意。

いわき市常磐水野谷町梅林寺の紅梅
紅梅は万葉時代にはまだ渡来していなかった。

うめのきごけ類（総称）

み吉野の　玉松が枝は　愛しきかも
君がみ言を　持ちて通はく

額田王（巻二―一一三）

この歌は額田王が弓削皇子から苔が着生した松の枝に文を添えて送られたのに対して詠んだ歌である。「玉松」の「玉」は美称の接頭語。「はしきかも」は可愛いとか愛しいの意味。「通はく」は通ってきたことの意。歌意は「吉野の松は愛しいものです。あなたの言葉を持って運んでくれるというのは」というもの。この歌に詠われている苔は苔類ではなく、地衣類と思われる。

二葉松にはアカマツとクロマツがあるが、地衣類がよく着生するのは海辺に生育するクロマツである。内陸のアカマツは空中湿度が低くなるので、地衣類の着生は悪くなる。一般万葉植物解説書ではサルオガセとしている書もあるが、サルオガセは深山の空中湿度が高いところに生育する。

福島県では吾妻スカイラインのブナ帯にヨコワサルオガセが着生している。地衣体の横にリング状の模様がある。低地のクロマツ林にはあまり見られない。いわき市の新舞子浜のクロマツ林には多くのウメノキゴケ科の地衣類が着生している。弓削皇子はウメノキゴケ類が付いたクロマツの枝に恋文を添えて送ったのではないか。海岸クロマツの幹や枝に着生している地衣類はウメノキゴケ、キウメノキゴケ、マツゲゴケなどがある。3種ともクロマツ樹幹によく着生するが、最も普通なのはウメノキゴケである。現代人は愛を伝えるのにスマホかパソコンによるメールである。松の枝に恋文を添え美しい箱に入れて送るとは、なんとロマンチックな愛の伝え方か。

このような形でマツの枝に恋文を添えたか

クロマツ樹幹に着生したウメノキゴケ

ウリ（マクワウリ）

うり食めば 子供思ほゆ 栗食めば
まして偲（しぬ）はゆ いづくより 来りしものぞ
まなかひに もとなかかりて 安眠（やすい）しなさぬ

山上憶良（巻五―八〇二）

「うり」はマクワウリのことであろう。「まなかひに」は眼前にの意。「もとなかかりて」はいたずらにとかむやみにの意。歌意は「瓜を食べると子供らが思い浮かぶ。まして栗を食べればなお一層子供らのことを思い出される。一体子供たちは何の因縁で私の許にきたのだろうか。わけもなく子供達の姿が目に浮かび、安眠できない」と詠っている多くの人に知られている名歌である。マクワウリは南アジア原産のつる性の植物で、弥生時代後期から古墳時代にはすでに食べられていた。岐阜県南部の真桑村（現在の本巣市）でよく栽培されていたので、マクワウリと呼ばれるようになった。当時、瓜よりも栗の方が高価であった。安い瓜を食べても子供達を思い出すのに、より高価な栗を食べたらなおさらである、といっている。

ウリの仲間はインドで野生種から改良されたもので、古くから畑で栽培されていた。日本には弥生時代中期に伝わったようだ。現在、飛騨美濃の伝統野菜として扱われている。現在マクワウリはほとんど栽培されず、マクワウリとメロンの交雑によって作出されたプリンスメロンがこれに代わっている。

左 マクワウリの花（南相馬市伊賀和子氏撮影）　右 マクワウリの果実（会津若松市栗城英雄氏撮影）

ウワミズザクラ・ヤマザクラ

あぢさはう　妹が目離れて　しきたへの
枕もまかず　桜皮（かには）巻き　作れる舟に
ま舵貫き　わが漕ぎ来れば――

山部赤人（巻六―九四二）

「あぢさはう」は鴨が飛び立っていくのを捕らえる網のことで目の枕詞。「妹が目離れて」は妻にも逢わないでの意。「しきたへ」は寝る時に敷く楮（こうぞ）などの繊維で織った布のことで、枕の枕詞。「ま梶貫き」は船の梶を全て穴に通してという意味で、大海を渡る為全力で船を漕ぐこと。「桜皮（かには）」は船の板の継ぎ目をふさぐ為に巻くサクラやカンバ類の樹皮のこと。歌意は「妻にも別れ手枕も交わさず、桜皮を巻いて作った大船に梶をつけて漕いでくると…」というもの。ウワミズザクラやヤマザクラ、カンバ類が使われたが、ウワミズザクラの古名を樺桜、朱桜といった。樹皮を樺細工に用いられていたので、樺というのは木の皮のことで、ウワミズザクラ、ヤマザクラ、チョウジザクラなどの樹皮を指している。サクラの樹皮だけでなく、ウダイカンバやシラカンバの樹皮も用いられた。ウダイカンバは鵜松明樺（うだいまつかんば）の意味で、鵜飼の松明として用いられる。カンバ類の樹皮はよく燃えるので、山で遭難した時、暖をとるのに便利である。「桜皮」は前記のように一種類に断定できないが、ここではウワミズザクラとヤマザクラを挙げる。

いわき市運動公園のウワミズザクラ

いわき市好間町のヤマザクラ

エゴノキ

息の緒に　思へる我を　山ぢさの

花にか君が　うつろひぬらむ

作者不詳（巻七―一三六〇）

「息の緒」は息の続く限り。「山ぢさ」はエゴノキとする説が定着している。「うつろひ」は花が色あせること。歌意は「わたしは命がけであなたのことを想っているのに、あなたは山ぢさの花のようにあだなもので、私のことを想わず、気が変わってしまったのでしょうか」というもの。

エゴノキは日本に広く分布している落葉の小高木で高さは約５ｍ、多くの枝に分かれる。葉は長さ３～５㎜の柄を持ち、楕円形で葉縁には弱い鋸歯がある。五～六月に美しい白色の５弁花を垂れ下がってつける。果実は楕円形で先端やや尖る。エゴノキは果実に毒成分を含むのでえごみがあることから名付けられたもの。果実の毒成分を利用し、子供のころに果実をすり潰したものを川に流し、魚を弱らせて捕らえた懐かしい思い出である。別名にロクロギがある。これはエゴノキの材を傘のろくろ（和傘の回転部分）に使用したことによる。和傘のろくろはプラスチックや金属では代用できず、エゴノキに限るという。最近エゴノキを提供してくれる職人がいなくなり、岐阜県森林文化アカデミーでは後継者養成を行っている。

いわき市水石山のエゴノキ

エノキ

わが門の 榎の実もり食む 百ち鳥
千鳥は来れど 君そ来まさぬ

作者不詳（巻十六—三八七二）

「もり食む」はもぎ取って食べること。「百ち鳥」は沢山の鳥。「君そ」の「そ」は強意の係助詞。「来まさぬ」の「ぬ」は打ち消しの意。おいでにならないの意味。榎は標準和名のエノキ。歌意は「私の家の門にあるエノキには沢山の鳥がやってきて、実をついばんでいるが、私が待つあの人はお出でにならない」というもの。恋しい男を待つ切ない女心が詠われている。

エノキはニレ科の落葉広葉樹。樹高20ｍになり、胸高直径１ｍになるものもある。葉は互生し、卵形から楕円形で先端尖り、葉の上部に鋸歯がある。３脈が明瞭である。春に下枝の下部に集散花序をつけ、淡い黄色の花をつける。果実は小さく直径７㎜くらいで食べられる。庭木として植えたり、道端にも植えられる。江戸時代に一里塚として植えられた。これには次のような話がある。徳川時代に一里塚として何を植えたらよいか伺ったところ「余の木」を植えよ、といったのを「えの木」と聞き違えたからだという。葉の鋸歯が基部まである種をエゾエノキといい、両種とも福島県では普通に見られる。万葉時代に両者を区別していなかったか。国蝶オオムラサキの食草である。なお、国道四九号線沿いのいわき市三和町合戸・浮矢のエノキは、いわき市の保存木に指定されている。昔は街道を歩く旅人の休憩の場所になっていた。

いわき市運動公園のエノキ

オキナグサ

芝付の 美宇良崎なる ねっこ草
相見ずあらば 我恋ひめやも

作者不詳（巻十四―三五〇八）

「芝付」は場所不明（地名かどうかも不明）。「美宇良崎」も場所不明、神奈川県三浦半島のどこかともいわれている。「ねっこ草」はキンポウゲ科のオキナグサだろうとされている。オキナグサの古名に「ねっこ草」があるからだ。牧野富太郎はオキナグサに白頭翁を用いるのは誤りで、中国の白頭翁はヒロハオキナグサであるとしている。歌意は「芝付の三浦崎に生えているねっこ草のようなあの娘に、もし逢わなかったら私はこんなに恋い慕ったりはしないだろうに」の意。あの娘に逢ったばかりに恋しくて耐えられないと恋心を詠っている。ねっこ草は寝っこ（共寝をした娘）と重ねている。

オキナグサは多年草で、山野の日当たりの良い草原に生える。根は真根性で太く長い。葉は主根の頭部から叢生し、2回羽状に分裂する。各小葉はさらに2～3回深裂する。春に1本の花柄を苞葉の中心から出し、やや傾いた暗赤色の花を1個つける。オキナグサの名は花後多数の花柱が長く伸び、球状になる。その姿が翁の白髪のように見えることからオキナグサの名がある。

『福島県植物誌』には会津地方や中通り地方には普通に産すると記されているが、現在はほとんど見られない。いわき市では矢大臣山の山頂草原に群生していたが、現在は悪質野草家の乱獲により絶滅している。『レッドデータふくしま①』（２００２）では絶滅危惧1Bに指定されている。

いわき市矢大臣山のオキナグサ（現在絶滅）

オギ

神風の 伊勢の浜荻 折り伏せて
旅寝やすらむ 荒き浜辺に

碁檀越妻（巻四—五〇〇）

作者の碁檀越は伝不詳。碁の名からすると中国からの帰化人か。題詞には「碁檀越伊勢の国に行く時、留まれる妻の作る歌一首」とある。「神風の」は伊勢の枕詞。「らむ」は現在推量〜であろうかの意。歌は「伊勢の浜荻を折り伏せて旅寝をしているのだろうか、荒れた浜辺で」と夫のことを案じて詠っている。オギはイネ科の多年草で、ススキに良く似る。しかし、生育環境が異なり、ススキは乾燥した所を好むが、オギは水辺や湿地に生える。オギは長い根茎があるが、ススキは根茎が短い。オギの小穂の基毛が銀白色で小穂の2〜3倍で、花序が銀色に輝くので遠くからでも識別できる。秋風になびく荻を詠った歌に次のような歌がある。

葦辺なる 荻の葉さやぎ 秋風の
吹き来るなへに 雁鳴きわたる

作者不詳（巻十—二一三四）

「葦の生えているほとりの荻の葉がさやさやと音を立てて、秋風が吹いてくるにつれ、雁が鳴いて空を飛んでいくよ」と詠っている。

いわき市鹿島町のオギ

オケラ

恋しけば　袖も振らむを　武蔵野の
うけらが花の　色に出なゆめ

東歌（巻十四―三三七六）

「袖も振らむを」相手に袖を振るのは愛情の表現。「うけらが花」はオケラの花。「色に出なゆめ」は気持ちを表情に表すこと。女が男に、人に知られないようにしてほしいと頼んでいる。歌意は「恋しい時は袖を振りますので、武蔵野のオケラの花のように決して表情に表さないでください。人に知られてしまいます」といっている。

安斉可潟　潮干のゆたに　思へらば
うけらが花の　色に出めやも

東歌（巻十四―三五〇三）

「案斎可潟」は所在不明。武蔵の国の海岸との説もある。「ゆたに」はゆっくりとの意。歌意は「安斉可潟の干潮のように、ゆったりと思っていたなら、オケラの花のように表情に出すことがあろうか」というもの。

恋心を顔色に出すことを、巻十―二二七四ではキキョウを喩えに挙げている。ここではオケラを喩えにしている。

いわき市勿来の関のオケラ

オミナエシ

わが里に 今咲く花の をみなへし
堪(あ)へぬ心に なほ恋ひにけり

作者不詳（巻十―二二七九）

「堪へぬ」はこらえる、堪え忍ぶの打ち消しで、堪え忍び難い思いでいること。ここでいう「をみなへし」は若い娘のこと。歌意は「わが里のあの娘も今娘盛りとなった。私は堪え忍び難いほど、恋しく思っています」と抑えきれない恋心を詠っている。

オミナエシは日本全国の低山山麓に自生する多年性草本。株の元で新芽が分かれて繁殖する。根茎はやや太く横に這う。茎は80～100㎝までになり、下部に粗い毛がある。晩夏から秋にかけて茎上部で分枝し黄色の細小花を散房状につける。果実は楕円体で3～4㎜、やや平たく、背面に縦に棒状の隆起がある。

『福島県植物誌』には浜通り地方から会津地方まで多くの産地が記録されている。オミナエシは女郎花(じょろうばな)、栗花、乳草、小米花、盆花、仏花、思花など多くの別名がある。これらの別名は、オミナエシの形質や人間生活との関わり合いをよく表している。秋の七草の一つとされ、女性に関わる歌や物語になっている。

いわき市三和町のオミナエシ

オモダカ

石橋の 間々に生ひたる かほ花の
花にしありけり ありつつ見れば

作者不詳（巻十―二二八八）

「石橋」は川の中に渡した飛び石のこと。「間々」は点在する飛び石のこと。「花」は実に対して、散ってしまう儚いものとして用いられている。ここでは不誠実な相手を、その時限りの浮気者としている。「ありつつ見れば」の「あり」はずっとそのままの状態を保つ意味。歌意は「飛び石の間に生えているかほ花のように、美しい花をつけるが、実を着けない不誠実な人だったのですね」というもの。自分との関係は一時の浮気心だったのですね、と相手を責めている歌である。

万葉集では「かほ花」は、野辺に生える花（巻八―一六三〇）として詠まれたり、岡に立てる花（巻十四―三五七五）、瀬川のかほ花（巻十四―三五〇五）として詠まれたり、特定の種を詠んだものとは思われない。その為ヒルガオ説、カキツバタ説、オモダカ説、ムクゲ説など諸説ある。この歌の場合はオモダカを詠んだものと考えたい。この歌では飛び石の間に生育する花などで、水生植物を詠んだものであろう。

オモダカは全国の溝や水田に生える多年草で、水田雑草の一つである。葉は数個叢生し、葉身は矢じり形で、基部両側の裂片は頂裂片より長く先端尖る。晩夏に花茎を出し、上部に円錐花序をつけ、白花を輪生する。花は上部のものが雄花で、下部のものが雌花である。花弁は3個で円形である。オモダカは面高が語源というが、あまりピンとこない。

いわき市渡辺町の水田のオモダカ

カキツバタ

常ならぬ　人国山の　秋津野の
かきつはたをし　夢(いめ)に見しかも

作者不詳（巻七―一三四五）

「常ならぬ」は人の命のはかなく無常なことから、人にかかる枕詞。「人国山」は和歌山県田辺市秋津野にある山といわれる。「かきつはた」は植物名であるが、ここでは素敵な女性としている。歌は「人国山で秋津野のカキツバタを昨夜夢に見た」というものであるが、「人国山の秋津野の美人を見てきた夢を見た」という意味である。

かきつはた　佐紀沢に生ふる　菅の根の
絶ゆとや君が　見えぬこのごろ

作者不詳（巻十二―三〇五二）

「かきつはた佐紀沢に生ふる菅の根の」は「絶ゆ」にかかる序。歌は「佐紀沢に生えている菅の根が長く切れることがあるように、あの方はもう私と切れてしまう気なのか、近頃さっぱりお見えにならない」という意。

カキツバタは本州中部以北の湿地に自生する多年草であるが、栽培もされる。アヤメやノハナショウブに似るが、外花被片にアヤメのような綾目模様が無く、葉は20～30㎝と幅広く中肋は目立たない。ノハナショウブは葉の中肋が明瞭なので、区別は容易である。アヤメ属の種では最も水湿地を好む。アヤメは水湿地では生育できない。

いわき市平小泉のカキツバタ（伊東善政氏撮影）

カクレミノ

――皇后、紀伊国に遊行きて、熊野の岬に到り、その処の御綱葉(みつなかしは)を取りて還る――

軽太郎女(かるのおほいらつめ)（巻二―九〇の注）長歌の一部

この歌は允恭天皇の皇太子軽太子(かるのひつぎのみこ)が、妹の軽太郎女と通じ、その罪により伊予の道後温泉の地に流された。それを軽太郎女が恋しさに耐えられず、逢いに行く時の歌とされている。この歌には異伝があり、『日本書紀』によれば、仁徳天皇の皇后の磐姫(いはのひめ)が紀州熊野の岬に行き、みつながしわを採って帰ろうとしていた。その間に天皇は八田皇女を宮中にいれてしまった。皇后は難波の海まで帰ってきた時に、このことを知り、採ってきたみつながしわを海に投げ入れ、そのまま船で淀川をさかのぼり、山城の筒木の宮に入り、そのまま帰ってこなかったという。この「みつながしわ」が何であるかについては、カクレミノ説、三角柏説とオオタニワタリ説である。紀州の海岸近くにはカクレミノが多いので、カクレミノとするのが妥当であろうとされている。御綱葉から葉の先端が3裂している葉を思わせる。カクレミノ説に同意したい。

カクレミノは天狗の三つの持ち物すなわち、大風をおこす団扇、遠くのものを見ることが出来る遠眼鏡と、これを着ると身を隠すことが出来る隠れ蓑である。御綱葉の先端は3裂し、天狗の隠れ蓑によく似るという。カクレミノは暖帯の林内に生育する常緑低木で福島県南部以西に分布する。写真はいわき市平藤間新舞子浜のクロマツ林の林床に生育していたものである。福島県が北限で、藤間新舞子浜のクロマツ林内が唯一の産地である。オオタニワタリは暖地性のシダで、チャセンシダ科の大形シダで、京都や奈良は分布域に入るが、先端が3裂しないので、御綱葉のイメージに合わない。

いわき市平藤間新舞子浜クロマツ林内のカクレミノ

いわき市三和町差塩湿原のカサスゲ

カサスゲ

わが背子（せこ）は　仮廬（かりほ）作らす　草（かや）なくは
小松が下の　草（くさ）を刈らさね

中皇命（なかつすめらみこと）（巻一―一一）

この歌は、舒明天皇や中大兄皇子と共に紀州の湯崎温泉へ向かう途中、中大兄皇子が仮の庵を作ったのを見て、中皇命が詠んだ歌。中皇命は中大兄皇子（後の天智天皇）の妹である。歌意は「兄上よ、仮廬を作るカヤ（ススキ）がないなら、あの松の根元に生えている草（カサスゲやカルカヤ）をお刈りなさい」というもの。「草なくは」の草はカヤと読み、「草を刈らさね」の草はクサと詠む。一般に萱葺屋根はススキを使う。

カサスゲやオガルカヤはススキの代用として用いられた。苫屋（とまや）などという場合は、カサスゲ、オガルカヤ、メガルカヤ、チガヤのなどを用いた粗末な草葺の小屋を指す。これらの草は小型の草本で、草丈はススキに比べ短い。カサスゲの名は葉を乾燥させて菅笠を作ったことによる。

カシワ

千葉（ちば）の野（ぬ）の　このてかしはの　ほほまれど
あやにかなしみ　置きて誰（た）が来ぬ

大田部足人（おおたべのたるひと）（巻二十—四三八七）

作者大田部足人は下総国（現在の千葉県）出身で、天平勝宝七年（755）に筑紫防人（さきもり）として派遣された人。「ほほまれど」は「ふふまれど」の訛で、葉がまだ開いていない状態をいう。まだ成人していない少女を喩えたもの。「あやにかなしみ」は心から愛しいと思う気持ち。「誰が来ぬ」は遠い所からやって来るの意味。歌意は「千葉の野に生えている、このてかしはの葉のまだ開ききっていない葉のような、まだ初々しい少女が、可愛らしくたまらないので、そのままにしておいてきた」というもの。

「このてかしは」を現在の標準和名のコノデガシワとすると常緑なので、葉が「ほほまれど」という意味とは合致しない。しかも、現在のコノデガシワは日本に自生はなく江戸時代に中国から移入されたものの為、万葉時代にはなかった。従って、カシワやコナラなどの落葉樹の葉がまだ開かない若葉を、まだ大人になりきらない少女に喩えたとする見解に賛同したい。ここではカシワの葉の若葉と解釈した。

いわき市田人町南大平のカシワ

カタクリ

もののふの　八十娘子（やそをとめ）らが　汲みまがふ
寺井の上の　かたかごの花

大伴家持（巻十九―四一四三）

「もののふ」は宮中に仕える文官の人達。かたかごは万葉表記では「堅香子」と記されていた。昔はこれをカタカシと読み、歌意を「八十乙女らが水を汲みにくる井戸の上にカシの花が咲いている」と解釈されていた。この歌は家持が越中守として赴任していた時に詠われたもの。鎌倉時代に仙覚が「万葉集注釈」の中で「かたかご」という読み方を唱え、これが現在のカタクリであるとし、この説が定説となっている。越中ではカタカゴ、陸奥ではカタカゴ、カタカコ、カタココの方言があることもこの説を裏付けている。カタクリは温帯の植物で、関東北部から東北地方にかけ大きな群落をつくる。京都や奈良の低地には生育しないので、万葉集でカタクリが詠われているのはこの一首だけである。

会津三島町のカタクリの群生地は有名である。阿武隈山地でも大風渓谷、いわき市三和町上三坂、木戸川渓谷などの温帯林の林床には大きな群落がある。カタクリの地下茎からデンプンを採ったので、カタクリ粉の名がある。現在はジャガイモの澱粉である。カタクリは早春の夏緑樹林の林床が明るい時期に花を咲かせ、樹木が葉を茂らせ林床が薄暗くなると地上部を枯らし、球根で次の春を待つ。このような植物を春植物と呼んでいる。外国ではスプリング・エフェメラルズといっている。「春の儚い植物たち」の意である。イチリンソウ、キクザキイチゲ、アズマイチゲ、ホソバノアマナ、フクジュソウなどがその仲間である。カタクリの種子にはエライオゾームというアリが好む物質がついていて、アリにより種子が遠くまで運ばれ、エライオゾームを食べた後捨てられるので分布を広げる。

大沼郡三島町大林のカタクリ

カツラ

向つ峰の 若楓の木 下枝取り
花待つい間に 嘆きつるかも

作者不詳（巻七―一三五九）

万葉表記ではカツラは楓と記されている。カツラに楓の字を当てているが、これはマンサク科のフウのことで、カエデとともに誤用。牧野富太郎はカツラのカツは香出であろうとし、ラは語尾の添え詞であろうといっている。歌意は「向こうの岡の若い楓の木の下枝を取り、その花が咲くのを待っている間に、待ち遠しく溜息をついてしまった」というもの。「少女を我が物にしようと待っている間に待ち遠しくなり、溜息をついてしまった」という意。

カツラは各地の渓谷に多い落葉高木で、幹はまっすぐに伸びる。しばしば一本の株から数本の幹を出すことがある。郡山市湖南町の赤津のカツラは会津布引高原に行く途中にあり、推定樹齢350年といわれ、国の天然記念物に指定されている。また、甲子渓谷の剣桂は樹齢300年といわれ、林野庁の「森の巨人たち」に選定されている。田人町戸草や川前町の駅前の川沿いにカツラの巨木があるが、どちらも下部の根元から数本の幹を出している。いわき市田人町新田には直径1mほどの巨木があった。しかし、根元から1mほど上部で切られ、売られてしまった。残った株が上三坂の国道349号線沿いに植えられている。花は葉より早く葉腋に一個つける。花弁が無く雄花は雄蕊が長く美しい。

いわき市小川町のカツラ

カナムグラ

思ふ人　来むと知りせば　八重むぐら
　覆へる庭に　玉敷かましを

作者不詳（巻十一―二八二四）

玉敷ける　家も何せむ　八重むぐら
　覆へる小屋も　妹と居りてば

作者不詳（巻十一―二八二五）

この歌は女性と男性の問答歌で､前の歌が女性で後の歌が男性である。八重むぐらはカナムグラのこと。むぐらという言葉は雑草が繁茂している状態をいう。前の歌（女性）は「私の恋思うあなたがお出でになることを知っていたなら、雑草が一面に生い茂っている庭に、玉を敷き詰め飾り立てていたでしょうに」と詠っている。

これに対し、男性が「玉を敷き詰め飾り立てた家など何になろう。雑草が一面に生い茂った家であっても、あなたと一緒ならばそれで十分なのだ」と返している。

カナムグラはアサ科の一年草のつる植物。原野、堤防の土手、道路法面、林縁のマウント群落など、他の植物に絡みついて生育する。葉は長い柄があり、葉身は５～７裂し、裂片は卵形から披針形で縁に鋸歯がある。雌雄異株で雄花は秋に葉腋から円錐状に多数の黄色い花をつける。雌花は短い穂状で下垂する。カナムグラのカナは鉄の意味で強直で硬いから。ムグラは蔓延ることである。茎に刺があり、取り除くのに苦労する。恋人を迎える為には、そのような苦労は苦にならないのだろう。

いわき市四倉町白岩のカナムグラ

カラタチ

からたちの　茨(うばら)刈り除(そ)け　倉建てむ
屎遠くまれ　櫛つくる刀自(とじ)

忌部首(いむべのおびと)（巻十六―三八三二）

「刀自」は主婦の尊称。ここでは戯れて「刺を持ったカラタチのいばらを取り除き、私はそこに倉を建てようと思っているので、櫛作りのおばさんよ、屎は遠くでやってくれ」といっている。あまり品の良い歌ではない。一般の和歌は風流とか雅を重視するが、万葉集ではこのような歌を戯笑歌といっている。当時、観賞の対象とされていなかったカラタチをとりあげたこと自体特異な歌といってよい。万葉集ではカラタチはその鋭いとげの為、茨の代表として扱われた。人を寄せ付けない親しみにくい植物として見られていた。中国でもカラタチは橘に比べ品位の落ちるものとして扱われていた。

カラタチは中国原産で古い時代に渡来し、とげのある事を利用し、生垣などに使われた。春に芳香のある白い花を付ける。樹にとげがあり嫌われるが、花は愛され歌にも詠まれている。秋に球形の実をつけ、初め緑色であるが、熟すると黄色くなる。カラタチは柑橘類の中では耐寒性が強い。この耐寒性をオレンジに導入しようと細胞雑種が作出されている。北原白秋は「…からたちのとげは痛いよ」と詠っている。現在はカラタチの生垣は少なくなり、ほとんどコンクリートブロックの塀になっている。

いわき市三和町上三坂のカラタチの花と果実

カラムシ

蒸し衾(ふすま)なごやが下に 臥せれども 妹とし寝ねば 肌し寒しも

藤原朝臣麻呂(巻四—五二四)

歌は京職(都を治める長官)であった藤原麻呂が、大伴郎女に贈った恋の歌。「蒸し衾」はカラムシの繊維で作った寝具。歌意は「柔らかなカラムシの繊維で織られた布団に入って寝ているが、あなたと寝ていないので肌寒い」というもの。

カラムシは日本全土に分布するイラクサ科の多年草。山地や路傍にごく普通に生育する。茎は1〜2mになり、葉は互生し広卵形から広披針形で先端尖る。縁は細鋸歯があり、裏面は白い綿毛が密生する。七〜八月に葉腋から分枝した花序を出す。雌雄同株で茎の下方に雄花序を、上方に雌花序をつける。茎には繊維組織があり、繊維を取る為栽培もされる。

大沼郡昭和村では「からむしの里」があり、カラムシが栽培されている。からむし織の実演があり、製品が販売されている。製品は夏の着衣、帽子、ネクタイ、小物など多数。カラムシの繊維は通気性、吸湿性に優れ、夏の着衣には最適である。カラムシの和名は茎を蒸して、皮を剝ぎ、その繊維で布地を織ったことから茎蒸(からむし)と呼ばれた。本州西南部にはナンバンカラムシが生育する。中国南部から東南アジア原産の種で、より剛壮で葉柄に開出毛がある。

いわき市三和町上永井のカラムシ

カワラナデシコ

なでしこが 花見るごとに 娘子(おとめ)らが
笑まひのにほひ 思ほゆるかも

大伴家持（巻十八―四一一四）

大伴家持が越中の守として赴任した時、しばらく単身赴任をしなければならないことを覚悟して、寂しさを慰める為庭に植えたカワラナデシコを詠ん歌。歌意は「庭のなでしこの花を見るたびにわが妻の笑顔を思い出します」というもの。「娘子ら」の「ら」は複数を意味するものではなく、妻（大嬢）を指している。

福島県にはカワラナデシコのほかに、海岸性のハマナデシコが生育する。カワラナデシコは日当たりの良い山野に生育する多年草で、会津地方から浜通り地方まで普通に生育する。ヤマトナデシコの別名もある。七～十月に茎先に5弁花で淡紅色の花をつける。花弁の縁は細かく裂ける。秋の七草の一つで、古くから人々に愛され、栽培もされる。ハマナデシコは海岸性の植物なので、歌に詠われているのはカワラナデシコの方であろう。大和撫子は姉妹品の唐撫子に対していったもの。ナデシコ（撫子）は可憐な花の様子から名付けられたもの。万葉集には二十六首詠われ、そのうち十二首が家持の歌である。家持は自分の妻や心親しい人をなでしこになぞらえている。万葉人に愛されていた植物であった。

いわき市三和町芝山のカワラナデシコ

カンスゲ

高山の 巌（いわほ）に生える 菅（すが）の根の
ねもころごろに 降りおく白雪

橘 諸兄（もろえ）（巻二十—四四五四）

「ねもころごろに」は根が複雑に絡みついている様。この歌は天平勝宝七年(755)、諸兄の子橘良麻呂の家で宴会が開かれた時に詠まれた歌。歌は「高い山の大きな岩の根元に生えた菅の根のように、隅々までたくさんの雪が積もっている」の意。スゲの仲間には湿地に生えるスゲ、草原に生えるスゲ、林床に生えるスゲ、岩場に生えるスゲと種類により生育環境が異なる。歌の「巌に生える菅」から山の岩場に生えるスゲと思われる。該当するスゲとしてはカンスゲが考えられる。

カンスゲは山中の岩場や渓谷沿いの岩場に生育する。葉は多数叢生し、硬くざらつく。福島県以南の太平洋側に生育する。ミヤマカンスゲも同じような環境に生える。会津地方ではヒロロと呼び、菅細工に用いられる。分布からいえば両種の可能性があるが、カンスゲに対し、ミヤマカンスゲは葉が細長く、カンスゲにくらべ軟らかい感じがする。歌の「降りおく白雪」から冬に詠われたのだろう。カンスゲは常緑で冬でも青々としてよく目立つ。歌の菅はカンスゲとしたい。和名は寒菅の意である。福島県では浜通り地方から数ヶ所の産地が報告され、宮城県では仙台平

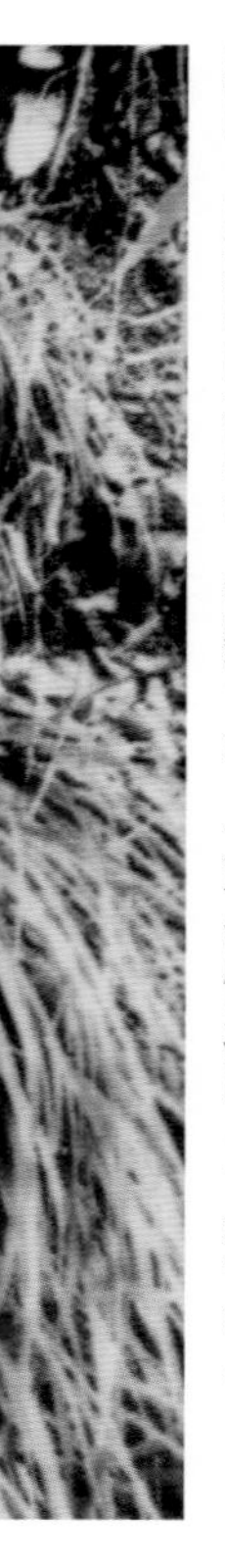

野区と阿武隈山地区から記録され、太平洋側北限とされている。

いわき市遠野町滝のカンスゲ

キキョウ

展転び 恋ひは死ぬとも いちしろく
色には出でじ 朝貌の花

作者不詳（巻十―二二七四）

「あさがほ」が現在の何にあたるかについては諸説ある。ムクゲ説、ヒルガオ説、キキョウ説、アサガオ説などである。歌意は「死ぬほど恋に狂っても、アサガオの花のように気持ちを顔に表すものではありませんよ」と恋する乙女をたしなめている。巻十一―二一〇四に「あさがほは朝露負ひて咲くといへど夕影にこそ咲きまさりけれ」の歌があり、アサガオは歌意に合致しない。またアサガオは当時薬用としてのみ用いられ、一般化していなかった。ムクゲ説、ヒルガオ説もそれを支持する強い証拠がない。キキョウの花はアリの蟻酸に触れると、赤く変色する。キキョウを女性とし、それに群がる男をアリとし、「男に言い寄られ強く恋心をいだいても、その喜びをキキョウのように顔に出すものではありません」とたしなめた歌。キキョウ説を支持したい。

キキョウの別名に盆花がある。月遅れの盆に飾られることからくる。オミナエシ、ハギ、ミソハギなども盆花として用いられる。最近、キキョウが個体数を減らしているように思える。悪質野草家の乱獲が原因か。

いわき市三和町新田のキキョウ

キビ

梨棗(なしなつめ)　きみに粟つき　延(は)ふ葛の
後も逢はむと　葵(あふひ)花咲く

作者不詳（巻十六―三八三四）

この歌は、ナシ、ナツメ、キビ、アワ、クズ、アオイと互いに関係のない六種の植物をまとめた歌。キビは東部アジア地域原産と考えられている。この地域は大陸性気候で牧畜が行われていた。

有史以前にここの放牧民により、一般雑草の中から食物となるものが選択的に選ばれ栽培化されたものと思われる。日本には中国から朝鮮を経て伝来した。時期は弥生時代だろうと考えられている。イネ科の一年草で、茎は直立し草丈約１ｍになる。茎には粗大な節があり、葉は互生し長い広線形で先端次第に尖る。幅は10～13㎜くらいで荒い毛を散生する。秋に茎の頂きや上部の葉腋から無数の花をもつ花穂を出す。果時には穂はやや下垂する。

現在は小鳥の餌とされるくらいで人の食料とはしていないが、昔は餅や団子にされた。桃太郎の黍団子もキビが用いられた。現在キビを栽培している人が少なくなった。写真は南会津郡湯ノ花で栽培しているもの。食用としてではなく、緑肥用に栽培されている。キビは生長が早く、短期間で緑肥になるという。

南会津郡湯ノ花星氏栽培のキビ（栗城英雄氏撮影）

キヨスミイトゴケ

み吉野の 青根が峯(みね)の 苔むしろ
誰が織りけむ 経緯(たてぬき)なしに

作者不詳（巻七―一一二〇）

「み吉野」の「み」は美称の接頭語。「青根が峯」は吉野宮滝の対岸の三船山の南に位置する。「経緯なしに」は織物の横糸や縦糸なしにの意。歌意は「青根山の樹から垂れ下がっている筵のようなあの苔は、縦糸も横糸も使わず、誰が織ったものであろうか」というもの。一般の万葉植物解説書では、この苔は地衣類のサルオガセの仲間であるとしている。分類学的にはサルオガセの仲間は地衣類に属する。万葉人は地衣類、蘚類や苔類もすべて苔と表現していた。阿武隈山地でクロマツ林の樹幹にはウメノキゴケ類が多く着生するが、大滝根山の山頂近くの樹木にはヨコワサルオガセが着いている。吾妻山系の海抜１５００ｍから上部の針葉樹林帯下部のブナやアオモリトドマツ樹幹にはヨコワサルオガセが多数着生している。樹幹に着いているサルオガセを布とみるには少し無理がある。樹幹に着生し下垂するが布状にはならない。枝から平面的に下垂するコケとしてはキヨスミイトゴケが考えられる。枝から多数下垂している様は布を思わせる。

キヨスミイトゴケは楢葉町木戸川渓谷の林の樹幹や枝に多量着生している。奈良や京都近くの自然林にも普通に生育する。キヨスミイトゴケが枝から下垂している様を「苔むしろ」とみたのではないか。キヨスミイトゴケ説を提唱したい。

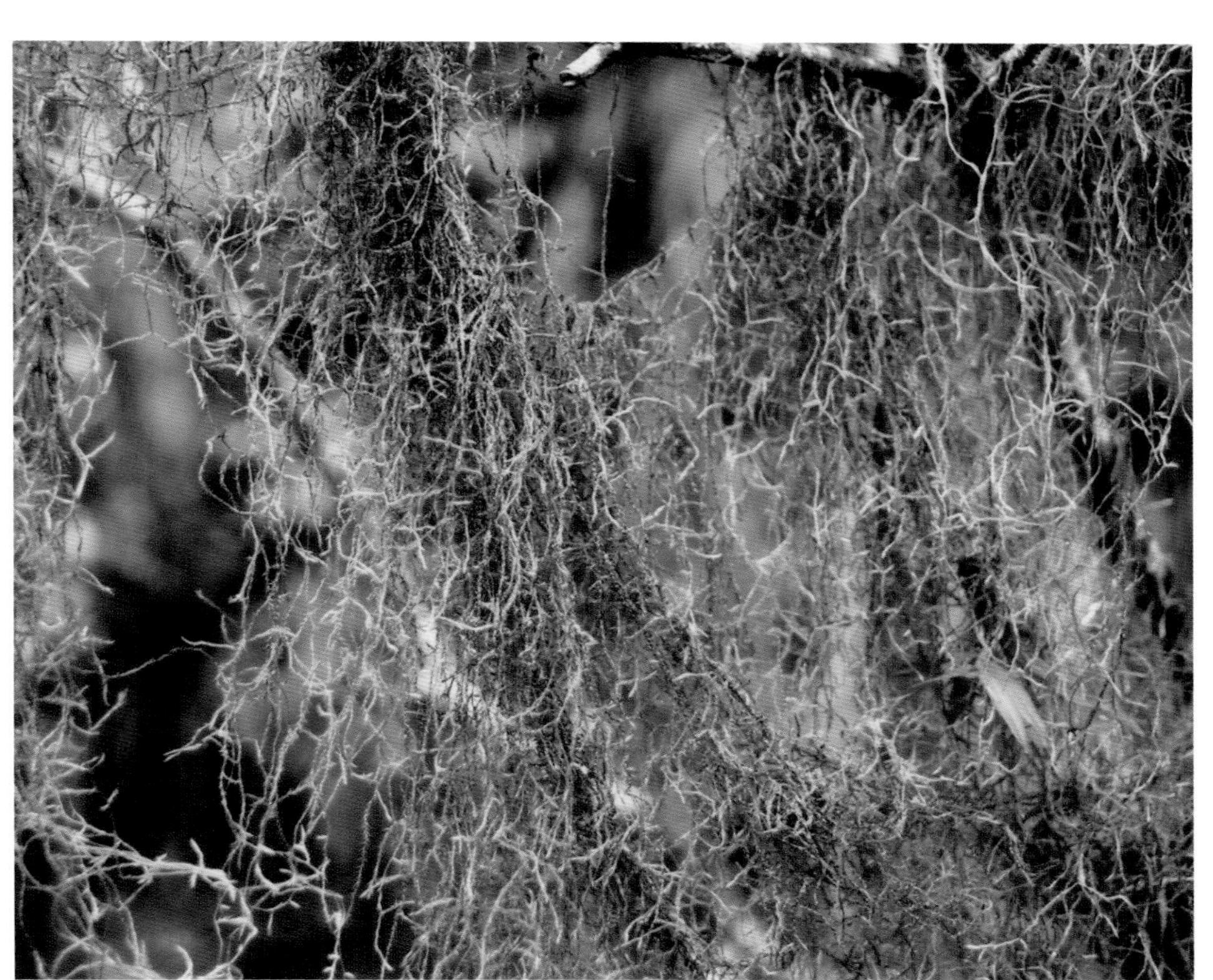

双葉郡楢葉町木戸川渓谷のキヨスミイトゴケ

キリ

言問わぬ　木にはありとも　うるわしき
君が手慣れの　琴にしあるべし

大伴旅人（巻五―八一一）

この歌は大伴旅人が藤原房前(ふささえ)に贈った歌の一つである。大伴旅人の夢の中に、対馬の結石山のキリで作った琴が乙女となって現れ、「私は対馬の高い山に生え、幹に美しい光を受け、いつも霧で被われ、はるか海上の風の吹く様や波の立つ様を眺め、切られもせず過ごしてきました。そしてやがては谷底に朽ち果てるのではないかと思っていましたが、たまたま良い大工に出会い、小さな琴に作り変えられました。音質も悪く、音量もないが、立派な人の側におかれたいと願っていたのです」といい、「いかにあらむ　日の時にかも　音(こえ)知らむ　人の膝の上　わが枕かむ」と詠ったのである。いつどのようにして、私の音を聞き知って下さる人のお側にいて、その方の膝を枕にすることができましょうか。と詠ったのに対し、旅人が答えて詠った歌がこの歌である。歌の意味は「たとえ物を言わない木ではあっても、立派な方の愛用される琴になることでしょう」と答えたのである。万葉表記で悟桐(ごどう)はアオギリのこと。

中国ではアオギリで琴を作ったというが、日本では琴はキリで作られている。キリの花は八月ころに咲くが、桐材として用いる時は根が水分を吸収しない冬に伐採が行われる。

双葉郡楢葉町上小塙女平のキリ

キンモクセイ

黄葉する　時になるらし　月人の
楓(かつら)の枝の　色付くみれば

作者不詳（巻十―二二〇二）

歌は「下界の樹木も紅葉する時節になったらしい。月の光が冴え増さるのをみると」という意味。月の光が冴えてきたことを、月の楓が色づいてきたからだと表現している。この歌の「月人の楓」が何であるかについては、いくつかの説がある。最も多い説は、「月人の楓」は実在の植物ではなく、想像の植物であるとする考えである。しかし、カツラ説、キンモクセイ説、ニッケイ説、ヤブニッケイ説などもあり、定説がない。

現在のカツラはカツラ科の落葉高木をいうが、『新撰字鏡』には楓は芳香があると記してある。カツラは芳香に欠けるので、キンモクセイにあてる説がある。ここではキンモクセイ説に従う。月の光が冴えてきたのを、キンモクセイが色づき輝いているとみるのはロマンチックではないか。

キンモクセイは中国原産の植物で古くから日本に移入されていた。雌雄異株であるが、日本にあるのは雄株だけである。雌株は花付きが悪いからと思われる。初めに雄株が入り、その株からだけ増殖し広がっていったのだろう。雌株がないので、結実することがない。樹高4mに達し、幹は太く分枝し、葉を密につける。葉は対生し広卵形から長楕円形で、縁に鋸歯がある。葉質は革質で上面は緑色であるが、下面は黄色味を帯びる。十月ころに葉腋に橙黄色の花を多数つけ、強い芳香をはなつ。花冠は深く4裂し、裂片は倒卵形で先端は円い。近縁種にギンモクセイがある。葉が広く、鋸歯がより明瞭であることで区別できる。

いわき市好間町上好間の民家で栽培されているキンモクセイ

クズ

ま葛はら なびく秋風 吹くごとに
阿太の大野の 萩の花散る

作者不詳（巻十―二〇九六）

「ま」は接頭語。「阿太」は奈良県五條市の東部。歌意は「葛が生い茂った原をなびかす秋風が吹くたびに、阿太の大野の萩の花が、秋風により散っていく」というもの。荒涼たる秋の野原に咲いているハギの花が、秋風に絡まって生ていく様を詠っている。クズは日当たりの良い林縁の樹木に絡まって生える大型のつる性の半低木で、基部は木質であるが、上部は草質となり10ｍに達する。根は長く伸び多量の澱粉を蓄えている。葉は大型で羽状の3小葉からなり托葉がある。花は八～九月に咲き、紅紫色、旗弁は広い楕円形、竜骨弁は長い。豆果は扁平な狭長楕円形で、長さ6～8㎝、褐色の毛を密生する。

いわき市好間町北好間のクズ（伊東善政氏撮影）

クズはくずかずらが略されたもの。この「くず」の名は奈良吉野山の近くに国栖（くず）という村があり、ここの村人たちがこのクズの根を掘って澱粉をとり、それを売り歩いたので、その地名が植物名になったという。秋の七草の一つとして取り上げられ、山上憶良は「萩が花 尾花葛花 なでしこの花 女郎花 また藤袴 朝顔の花」と詠っている（巻八―一五八三）。その旺盛な繁殖力の為林業家には嫌われている。アメリカで乾燥地の緑化に利用しようと日本からクズを導入したが、厄介な外来種となっているらしい。

クヌギ

橡（つるばみ）の 衣解き洗ひ まつち山 本（もと）つ人には なほ及（し）かずけり

作者不詳（巻十二―三〇〇九）

橡はクヌギのこと。どんぐりを着ける樹の総称として用いられる。「まつち山」は奈良県五條市から和歌山県橋本市に越える峠。「本つ人」はもとからの馴染んだ妻。「及かず」は及ばないこと。歌意は「橡染めの着物をほどいて又打つという真土山の、そのまつちの音に似た本つ人、すなわちもとからの馴染んだ妻にはどの女も及ばない。やはり古馴染みの妻が良い」というもの。

万葉集では橡は六首詠まれているが、どの歌でも、地味、実直、目立たないを表す意味で用いられている。クヌギは山林に多い落葉高木。樹皮には深い裂け目がある。堅果は普通ドングリと呼ばれ、大型でほぼ球形。殻斗はお椀状で線形の長い鱗片が密に着く。コナラやミズナラもドングリをつくるが、円柱状長楕円形で、殻斗は皿状で外面に小鱗片が密に着く。この木から良質の木炭が作られたが、現在木炭の需要が減り、クヌギ林も減少している。子供のころ、クヌギの樹液に集まるクワガタやカブトムシの採集に夢中になったことを思い出す。

いわき市三和町芝山のクヌギ

クリ

三栗(みつぐり)の 那賀(なか)に向へる 曝井(さらしゐ)の
絶えず通は無(む) そこに妻もが

作者不詳（巻九―一七四五）

三栗は実がいがの中に通常3個入っていることからこの名があり、那賀にかかる枕詞。「那賀の曝井」は現在の水戸市愛宕町の滝坂の泉といわれる。「妻もが」のもがは、妻がいればいいのに、妻があってほしいの願望。歌意は「那賀に向かい合っているあの曝井の絶えず水が湧き出るように、私は絶えず通って行こうと思う。そこに妻がいてくれたらよいのに」というもの。作者はまだ妻を持たない独身男性か。

栗を詠んだ歌は三首ある。一つは柿本人麻呂の巻九―一七八三で、この歌でも三栗と詠まれている。

もう一つの歌は有名な山上憶良の「瓜食めば 子等思ほゆ 栗食めば 況(ま)して思ばゆ…」の歌である。この歌では単に栗と詠まれている。クリとクルミはトチの実のようにあく抜きせずそのまま食べられる。縄文・弥生時代では集落にクリが植えられていたと思われる遺跡が発見されている。

クリには多くの品種があり、特に大型の実をつけるものを丹波栗といい、小さなものを柴栗といっている。いわき市三和町上市萱にはクリの巨木林がある。クリを採る為伐採されずに残されたものであろう。また、

いわき市三和町上三坂のシダレグリは県の天然記念物に指定されている。クリで枝が垂れるのは珍しい。

いわき市内郷御台境町のクリ

クログワイ

君がため　山田の沢に　ゑぐ摘むと
雪消（げ）の水に　裳の裾濡れぬ

作者不詳（巻十一―一八三九）

山田は奈良県高市郡明日香村から桜井市に行く途中の沢のこと。「ゑぐ」が何にあたるかについては諸説ある。クログワイ、セリ、オモダカ、ゲンゲ、アマドコロなどとする説である。「山田の沢」というのだから、湿った所を指していると思われる。裳の裾が濡れるほどだから、水量のある沢か。食用にする為に摘んでいるのだから、沢沿いに生育し食用になるものであろう。ゲンゲとアマドコロは湿地には生えない。セリは万葉表記では世理とか芹子と記されている。ゑぐはセリ以外の植物と考えてよい。オモダカは秋に地下枝を伸ばし、その先端の芽をつける。この芽は食べられる。秋に食用として摘む。歌は「雪消の水」と詠んでいるので早春である。オモダカも除外してよい。残るのはクログワイ説である。

クログワイはカヤツリグサ科の多年草。秋に地下茎の先端に塊茎をつくり春に茎の先に新芽を出す。新芽を出した塊茎を食用にしたのではないか。クログワイ説をとりたい。クログワイは本州から九州までの湿地に生える多年草で群生する。茎は叢生し円柱形で平滑、中空である。草丈は40～70㎝で、秋に線状または円柱形の小穂を単生する。古名はクワイで食用になるイの意味である。

白河市南湖のクログワイ（薄葉満氏標本22,284から）

クロマツ

住吉の 岸の松の根 うち曝し
寄せ来る波の 音のさやけき

作者不詳（巻七―一一五九）

「音のさやけき」は音がすがすがしいこと。歌意は「住吉の松が生えている岸辺に、打ち寄せてくる波の音のすがすがしいことよ」というもの。松が生えている岸辺に波が静かに打ち寄せている風景と、波の音の清々しさを詠っている。大波の場合は波音がすがすがしいとは聞こえない。海が穏やかで静かな浜辺を想像させる。岸辺に生えている松なので、クロマツであろう。

アカマツは老木になるほど樹皮が赤色を帯びるが、クロマツの樹皮は灰褐色で亀甲状の鱗片にはがれる。冬芽の鱗片は白色で、アカマツは冬芽が赤褐色になることでも区別可能である。葉の断面を観察すると、樹脂道がアカマツは表皮近くにあるのに対し、クロマツの樹脂道は葉肉内にある。

いわき市四倉町下仁井田から豊間沼ノ内海岸まで約10㎞に渡りクロマツ林がある。このクロマツ林は自生林ではなく、元和八年（１６２２）に平藩主内藤政長により、防潮林として植えられたもの。地元の人達は内藤公の林政に対する感謝の気持ちをこめ「道山林」と呼んでいる。「道山」は内藤公の法名「悟真院殿養誉堆安道山大居士」に由来する。東日本大震災の大津波の被害により、多くは枯死した。生き残ったと思われた樹も2～3年かけて少しずつ枯れて行った。砂地であった為、海水が根の部分にまで浸透し、土壌浸透圧が高くなり一斉に枯れず、少しずつ時間をおいて枯れていったものと思われる。

いわき市平藤間新舞子浜のクロマツ

ケイトウ

わが屋戸に　韓藍蒔き生ほし　枯れぬれど
懲りずてまたも　蒔かむとそ思ふ

山部赤人（巻三―三八四）

韓藍はケイトウのこと。「韓藍蒔き生ほし」は気に入った少女を見つけて将来は自分の妻にしようとして育てていたということ。「枯れぬれど」は自分の思いに反し他人のものになってしまったこと。「懲りずてまたも蒔かむとそ思ふ」は一度ふられたのに懲りずにまた新しい娘を見つけようと思うこと。この歌を直訳すると、「私の家の庭にケイトウの種を蒔いて育てていたが、それが枯れてしまったのに、また性懲りもなく蒔こうと思っている」という意味であるが、真の意味は「気に入った少女を見つけ自分の妻にしようと可愛がっていたが、自分から離れ他人の妻になってしまった。それに懲りずまた自分にふさわしい娘を見つけようと思っている」の意味である。

ケイトウはインド原産の一年生草本。日本には古い時代に韓藍として移入され、染料としてまたは観賞用として栽培されていた。ケイトウは鶏頭の意で、花軸が帯化しニワトリのとさかの様になることから、鶏頭草（とさかぐさ）とか鶏頭花（けいとうか、けいとうげ）などと呼ばれていた。この鮮やかな鶏頭の色を熱烈な恋心に見立てた歌もある（巻十―二二七八）。学名celosia（ラテン語）は燃焼を意味するギリシャ語（keles）が由来である。

日本の暖地にはこの仲間でノゲイトウが自生する。八重山諸島で見たことがある。本州の暖地では夏に咲くが、八重山諸島では春に咲いていた。花序は鶏頭状にならず、太い穂状花序を出す。最近では、ノゲイトウから品種改良されたと思われるヤリゲイトウが栽培されている。

いわき市平赤井のケイトウ（鈴木為知氏撮影）

ケヤキ

早来ても　見てましものを　山背の
高の槻群　散りにけるかも

高市連黒人（巻三―二七七）

「見てましものを」は「見たらよかったのに」の意。「山背」は山城の国。「高」は地名で、現在の京都府綴喜郡井出町多賀地域。歌意は「早く来てみればよかったのに、この山城の国の多賀のケヤキ林はもうすっかり散ってしまった」と詠っている。槻はケヤキの古名。槻群はケヤキ林のこと。現在用いられている欅の字は漢名の誤用で、欅はクルミ科のカンポウフウを指しているという。

ケヤキは山地に自生するが、建築材として植えられている。材は硬く、木目も美しい。大木になり、山形県東根市の東根小学校のケヤキは根元で周囲24m、高さ28mで樹齢約千年といわれ、国の特別天然記念物に指定されている。福島県では県の木に指定されている。渓谷林の代表で、急傾斜地の下の剥離した岩屑が堆積した通気性、透水性ともに良好な立地に成立する。生態学的にはアブラチャンを伴うアブラチャン - ケヤキ群集が命名されている。岩代熱海、会津東山の湯川渓谷、いわき市遠野町御斉所渓谷、三和町入藪の国有林に見事なケヤキ林がある。相馬郡新地町、いわき市御斉所山のケヤキ林は県自然環境保全地域に指定されている。会津若松市神指町の「高瀬のケヤキ」は国の天然記念物に指定されている。

いわき市平九品寺のケヤキ

コウゾ

栲領巾（たくひれ）の かけまくほしき 妹が名を
この勢能山（せのやま）に かけばいかにあらむ

丹比真人笠麿（たびひのまひとかさまろ）（巻三―二八五）

栲（たく）はコウゾの古名。カジノキの古名も栲という。栲領巾（たくひれ）は古代女性が栲で作った首から肩にかけて用いた布で、当初はまじないや虫よけなどに用いたものであるが、後には装飾として用いるようになった。コウゾなど木の繊維で織った布が栲領巾である。栲領巾は枕詞。勢能山は大和から紀州に行く途中にあり、近畿と畿外の境にある山。現在の背ノ山。

歌意は「口に出して言って見たい妹という言葉を、この勢能山につけたらどうであろうか、懐かしいわが故郷の妻を思い偲ぶよすがとなるであろうか」というもの。カジノキも布を作るのに用いられたが、繊維が短く織物の材料としてはコウゾに劣る。暖帯から熱帯にかけて分布する種なので、万葉時代に用いられたのはコウゾの方であろう。ミツマタも繊維がよく発達し紙の原料として用いられるが、万葉表記では三枝と記されている。

現在コウゾとして栽培されているのは、ヒメコウゾとカジノキの雑種である。ヒメコウゾは各地の山野に自生する落葉低木。初夏、淡緑色の円い複合花をつける。『福島県植物誌』には会津若松市背あぶり山、東白川郡矢祭山、伊達市霊山、南相馬市高瀬川渓谷など多くの産地が記録されている。

いわき市田人町南大平のヒメコウゾ

コウヤボウキ

初春の　初子(はつね)の今日(けふ)の　玉ばはき
　手に取るからに　ゆらく玉の緒

大伴家持（巻二十―四四九三）

「初子」は旧暦正月の最初の子(ね)の日を指す。「玉ばはき」はコウヤボウキで作った箒に玉を飾ったもの。「玉の緒」は玉を通してある緒のこと。玉は命で延命長寿を表す。この歌の前文には、天平宝字二年（758）の正月三日（この年の初子の日）に王や家臣を集め、そこで玉箒を賜り宴会がもたれた。この時内相の藤原仲麻呂が勅命を受け、歌を作って差し出すように、と伝えられた。その時家持が詠んだ歌がこの歌である。歌は「正月初めの子の日の今日、賜った玉箒を手にとると、玉が揺れて音を立てることよ」という意味である。

玉ばはき　刈り来(こ)鎌麻呂　むろの木と
　棗(なつめ)が本(もと)と　かき掃かむため

長忌寸意吉麻呂(ながのいみきおきまろ)（巻十六―三八三〇）

歌意は「球箒を刈って来い鎌麻呂よ、むろの木と棗の木の下を掃除する為に」というもの。鎌麻呂は鎌を擬人化したもの。

コウヤボウキは東北南部以南に生育するキク科の落葉小低木。一見草本のように見える。草丈60～90㎝でよく枝分かれする。茎と葉はともに短毛がある。葉は卵形で先端尖り縁には低鋸歯があり、3脈が目立つ。秋に一年枝の先端に白色の頭花を頂生する。総苞片は鱗状に重なり、花冠は長い筒状になる。福島県では浜通り地方からだけ記録され、中通り地方や会津地方からの報告はない。宮城県が北限である。

いわき市勿来の関のコウヤボウキ

コウヤマキ

奥山の 真木の板戸を 押し開き
しゑや出で来ね 後は何せむ

作者不詳（巻十一―二五一九）

「奥山の」は真木の枕詞。「真木」はコウヤマキのこと。「しゑや」は「ええい」や「くそっ」とか、気持ちを高ぶらせようとする時発する言葉。歌意は「真木で作った板戸を押し開けて、ええいと心を決めて出てきておくれ、その後のことは何とでもなります、さあ今こそ」と女性を誘っている歌である。家の中で心を決めかねている女性を懸命に誘っている。

コウヤマキは日本特産の常緑の高木。日本特産である。葉は厚く2葉が融合している。15～40本が輪生し倒傘状をしている。紀州高野山に多いことからコウヤマキの名がある。

東白川郡棚倉町花園の「花園地蔵大権現のコウヤマキ」は町の天然記念物に指定されている。文治三年（1187）源義経の供をしていた鈴木三郎重家が植えたといわれる。自生種としては耶麻郡西会津町の安座が自生の北限とされ、保護されている。また、耶麻郡西会津町如法寺のコウヤマキは県の天然記念物として保護されている。各地の神社仏閣に植えられており、いわき市閼伽井嶽薬師常福寺にも植えられている。

いわき市平赤井閼伽井嶽薬師常福寺のコウヤマキ

こけ（総称）

奥山の 岩に苔生(む)し 恐(かしこ)けど
思ふ心を いかにかもせむ

作者不詳（巻七―一三三四）

歌の意味はそのまま解釈すると「奥山の岩に苔が生えていて、神秘的で神々しく感じられ、恐れ多いけれども、恋しいと思う気持ちはどうしようもありません」という内容である。一般解説書では、山奥の林の中の岩の上に苔が生えている幽玄ともいえる風景を詠ったもの、としている。これに対し、奥山の岩に生えている苔を、宮中奥深くに住む高貴な女性とし、そのような尊い人を、恋しく思うことは恐れ多いことだが、恋しく思う心をどうしようもない、とする解釈もある。奥山の岩の上の苔を高貴な女性とみるとはロマンチックなことではないか。この歌の苔は直立性のコケではなく、匍匐(ほふく)性のコケであろう。

万葉集で詠われている苔は分類学的な意味での苔類ではなく、地衣類、苔類、蘚類を区別せずに「苔」という言葉で表現していたようだ。一般に岩の上に生育しているコケでは地衣類は少ない。苔類ではジャゴケやゼニゴケが岩の下部のやや湿ったたところ生育するが、上部の乾燥した部分には少ない。岩の斜面にヒシャクゴケ科のチャボヒシャクゴケやムチゴケ科のムチゴケなどの生育を見ることができる。多いのは匍匐性の蘚類である。ハイゴケ科のハイゴケ、ツヤゴケ科のエダツヤゴケ、シノブゴケ科のトヤマシノブゴケなどが多い。この歌の苔は低地であろうから多分ハイゴケ、エダツヤゴケやトヤマシノブゴケなどであったと思われる。海抜が高いところにはイワダレゴケ科のイワダレゴケが多い。北海道の然別湖周辺の風穴地帯には見事なコケ群落がみられ、世界遺産に指定された屋久島には見事なコケ林がある。

田村市滝根町仙台平のコケ生した岩

コナギ

春霞　春日の里の　植え小水葱（こなぎ）

苗なりと言ひし　柄（え）はさしにけむ

大伴宿禰駿河麻呂（おほとものすくねするがまろ）（巻三―四〇七）

ナギはミズアオイの古名。コナギは同じミズアオイ科の一年生草本。「植え小水葱」は田に食用として植えたもの。葉を食用にしていた。「春霞」は春の日がかすむことから地名春日にかかる枕詞。歌は「春日の里に植えてある小水葱はまだ小さいということですが、柄は伸びて大きくなったことであろうか」の意味。小水葱を小さな娘とし、もうお嫁になっていいくらい大きくなったでしょうかといっている。この歌の題詞には「大伴宿禰駿河麻呂、同じ坂上家の二嬢（おといつらめ）を娉（つまど）ふ歌」とある。大伴宿禰駿河麻呂と坂上二嬢とはまたいとこの関係にあたる。

コナギは水田の雑草。昔はセリ同様に栽培され、食用にされた。現在は水田の害草として厄介者扱いされている。ミズアオイの花茎は葉より長い円錐花序を伸ばすが、コナギは植物全体が小さく、花序は葉の長さより短い。

いわき市平中神谷の水田のコナギ

コナラ

山科の 石田の小野の ははそ原
見つつか君が 山路越ゆらむ
藤原宇合（うまかひ）（巻九—一七三〇）

「山科」は京都市。「石田の小野」は京都市伏見区石田。「ははそ」はコナラの古名。コナラの別名に「ホオソ」がある。牧野富太郎はホオソの語源は不明としているが「ははそ」が訛ったものか。「ははそ」はミズナラやクヌギなどの総称としても用いられる。「ははそ原」はコナラを主とした雑木林のこと。歌意は「山科の石田のコナラなどの雑木林をあの方は眺めながら山路を越えて行っているのだろうか」というもの。この歌は家にある妻が旅行く夫を思って詠んだかたちになっているが、宇合が妻の立場になって歌を詠んだもの。

コナラ林は自然林に人為的なインパクトが加えられた結果生じた二次林である。里山を構成する主な樹木である。ブナ科コナラ属に入り、仲間にはカシワ、ミズナラ、クヌギなどが含まれる。カシワとミズナラは葉が大きく、コナラが葉長10cm程度であるのに対し、カシワは葉長32cm、ミズナラは15cmに達する。ミズナラとカシワは葉柄が極めて短いがコナラは明瞭な柄がある。コナラはかつて薪炭材や葉は水田の緑肥として利用された。シイタケのほだ木としても利用され、里山の重要な樹種である。コナラの仲間の殻斗はそれぞれ特徴があり、クヌギの殻斗は総苞片が広線形でらせん状に密につき、反り返る。コナラの殻斗は総苞片が卵形で先端鈍頭、瓦重ね状に密に圧着する。ドングリ拾いをする時に殻斗まで注意すると面白い。

いわき市閼伽井嶽のコナラ

コムギ・オオムギ

馬柵越しに　麦食む駒の　罵らゆれど
なほし恋しく　思ひかねつも

作者不詳（巻十二―三〇九六）

「馬柵」は牧場の周囲の柵。「罵らゆれど」は叱られるけれどの意。歌意は「恋しい人に逢うことを、母に叱られるけれど、やはり恋しくて、逢いたい思いを我慢できない」と詠っている。詠われた場所は不明だが、農村風景から生まれた歌である。この駒は乗用馬ではなく、農耕に用いられている馬のことである。

ムギはコムギとオオムギに大別される。万葉時代にはオオムギもコムギもあったが、コムギの方が主であった。コムギは前年の秋に蒔き、翌年の初夏に収穫する。五穀の一つとして古典にも早くから現れる。コムギの主要種であるパンコムギの原産地は西アジアのカスピ海南岸を中心とする地帯である。日本には三～五世紀に朝鮮から伝えられた。パン、うどん、麺、菓子などの原料として用いられる。現在は輸入コムギに押され、国内での栽培面積は極端に少なくなっている。麦畑を探すのに苦労するほどである。冬に霜柱で被害を受けないよう麦踏が行われた。親子兄弟がそろって麦踏をしている風景は懐かしい農村風景であった。

オオムギはコムギより芒が長く、粒が縦横ともにきちんと並んでいる。醤油、味噌、ビール、飴などの原料とする。オオムギの原種はアフガニスタンから西アジア一帯で、八世紀には水田裏作として広く栽培された。

いわき市四倉町長友のコムギ

いわき市四倉町八茎のオオムギ

サカキ

ひさかたの 天の原より 生れ来る 神の命
奥山の さかきの枝に しらかつけ――――

大伴坂上郎女（巻三―三七九）

この歌は大伴坂上郎女の長歌の初めの部分である。「天の原で生まれ、この国に降って来られた先祖の神様よ、奥山に生えていた榊の枝にしらかをつけ…」と詠っている。「しらか」は昔麻やコウゾの類を細かく裂いて、白髪のようにしたもので、神事に用いた。サカキは栄え木の意とも境木の意で神聖な地の境に植えられた木ともいわれている。サカキは福島県南部を北限とする常緑小低木。『福島県植物誌』にはいわき市川部町が記録されている。川部町のサカキは自然林の中に生えているもので、自生と考えられ北限である。『宮城県植物誌』には国内帰化としてリストされている。植えられていたものが逃げ出したものであろう。サカキは玉串などで神事に用いられる為、神社などに植えられている。葉は互生し、長楕円状倒卵形で全縁、先端尖り光沢がある。枝の先端の新芽が鳥の爪のように曲がるのが特徴である。花は小さく葉腋につき、六～七月に咲く。東北地方では自生のサカキが得にくいので、神事には代用としてヒサカキが用いられる。スーパーなどでサカキとして売られているのはこのヒサカキが多い。ヒサカキはサカキに非ずの意味ではなく、姫サカキが訛ったもの。写真はいわき市泉の八幡神社の境内林で撮影したもの。神社では玉串用に境内林に植えている。

いわき市泉八幡神社境内のサカキ

サツキ

水伝(みな)ふ 磯の浦みの岩つつじ
もく咲く道を またも見むかも

日並皇子宮舎人(ひなめしのみこのみやのとねり)（巻二―一八五）

「水伝ふ」は水が伝わって流れる様。「浦み」は入江の湾曲部のこと。歌意は「磯の浦の岩つつじのいっぱい咲いている道を、また見ることがあるだろうか」というもの。日並皇子は草壁皇子のこと。天武天皇の第一皇子である。岩つつじが現在の和名の何にあたるかについては、諸説ある。岩場に咲くツツジとしてはヤマツツジ、サツキ、アカヤシオなどがある。アカヤシオは温帯と暖帯の境近くに生育する。京の都周辺の低地には生育しない。いわき市小川町の夏井川渓谷のアカヤシオは現地の人は岩つつじと呼んでいる。しかし、分布域からアカヤシオではないと思う。ヤマツツジも岩場に生育するが、冬落葉する。あまり栽培はされない。「磯の浦みの岩つつじ」と詠われているので、水辺の岩場に生育しているものであろう。

サツキは福島県南部から九州の川岸に生育するので、サツキとするのが妥当と考えられる。サツキは常緑の低木で暖地の川岸岩場に生育する。葉は互生し、枝先に集まってつく。披針形で先端尖る。花は五～六月に紅紫色の五弁花をつける。いわき市田人町井戸沢と遠野町入遠野に自生し、入遠野が自生北限となっている。いずれも川縁の岩場に生育している。

いわき市田人町井戸沢のサツキ

サトイモ

蓮葉（はちすば）は かくこそあるもの 意吉麻呂が
家なるものは 芋の葉にあらし

長忌寸意吉麻呂（ながのいみきおきまろ）（巻十六―三八二六）

これは意吉麻呂が宴席に参加している女性をハスに見立て、自分の妻をサトイモとして宴席の女性を褒めた歌。「はちす」はハスのこと。「はちすの葉」を宴席の美女とし、「芋の葉」を自分の女房としている。歌意は「この宴席に参加している女性はハスのように美しいが、それと比較したら自分の女房は芋並みである」というもの。意吉麻呂は柿本人麻呂と同じ時代に活躍した歌人で、万葉集には十四首の短歌が収録されている。この類の歌は戯笑歌に分類されるもので、機知を弄した即興的な歌である。

サトイモはインドなど熱帯アジア原産の多年草で、日本には古代に南方の太平洋諸民族の渡来により伝えられた。渡来時期はイネよりも古いといわれる。日本では野生のヤマイモに対し、渡来した本種を里芋といった。球茎は楕円形で地中にあり、倒卵形の子球が出来る。葉は4～5枚束になって根生する。葉身は卵状楕円形で基部は耳状になる。

いわき市明治団地のサトイモ

サネカズラ

玉くしげ みもろの山の さな葛(かづら)
さ寝ずはつひに ありかつましじ

藤原 卿（巻二―九四）

「玉くしげ」はみもろの枕詞、くしげは櫛を入れる箱で、みもろの山の枕詞。「みもろ山」は三輪山、明日香村の雷丘、竜田の三室山などをいう。「さな葛」はサネカズラのことであるが、「さ寝」をおこす序となっている。「ありかつましじ」はないであろうの意。歌意は「三輪山のさねかずらではないが、あなたと寝ないでは、こうして生きていくことはできないでしょう」というもの。

さね葛 のちも逢はむと 夢のみに
うけひわたりて 年は経につつ

柿本人麻呂歌集（巻十一―二四七九）

「さね葛」は枝が絡み合っていることから、後に逢うにかけた枕詞。歌意は「後にでも逢おうと、夢だけに祈りつづけて年は過ぎていく」というもの。サネカズラはマツブサ科の常緑のつる性木本。枝の皮にはねばねばした粘液をもつ。葉は互生し長楕円形で、裏面はしばしば紫色を帯びる。雌雄異株。花弁と萼辺の区別が明瞭でない。液果は球形で沢山集まって頭状になる。秋に赤く熟する。枝の粘液を水で抽出し、その水で頭髪を整えたことからビナンカズラの別名がある。『福島県植物誌』では浜通り地方からだけ記録され、中通り地方や会津地方からの記録はない。

いわき市平藤間新舞子浜クロマツ林床のサネカズラ

サワヒヨドリ

この里は 継ぎて霜や置く 夏の野に
吾が見し草は もみちたりけり

孝謙天皇（巻十九―四二六八）

南相馬市原町区金沢のサワヒヨドリ（伊賀和子氏撮影）

歌意は「この里はいつも霜が降りるのだろうか、夏なのに野で見た草は色づいている」というもの。この歌では単に草とあるだけで、さわあららぎ（サワヒヨドリ）の名は直接詠み込まれていない。しかし、この歌の題詞に

「天皇・太后共に大納言藤原家に幸す日に、もみてる沢蘭一株ぬきとり、内侍佐々貴山君に持たしめ…（略）」

とあるので、草は「さわあららぎ」を指していることが分かる。この歌は孝謙天皇が藤原仲麻呂の田村邸に行幸した時、夏なのに紅葉したサワヒヨドリを抜き取り、藤原仲麻呂の付き添いの大夫らに贈った時の歌である。「さわあららぎ」はサワヒヨドリの古名。

サワヒヨドリは北海道から沖縄までの湿地に生育するキク科の多年草。草丈は30～100㎝になり茎には縮れた毛を密生する。葉は対生し、ほとんど無柄でしばしば3全裂し、6枚の葉が輪生しているように見える。花は八～九月に咲き、頭花は密な散房花序につく。小花は紫色を帯びる。秋に葉が色づくが、そんなに綺麗というほどではない。『福島県植物誌』には会津地方から6ヶ所、中通り地方から5ヶ所、浜通り地方から7ヶ所が記録されている。会津デコ平にはこの仲間のヨツバヒヨドリが群生し、アサギマダラの飛来地として有名である。サワヒヨドリはヨツバヒヨドリに似るが、前者は葉が対生するのに対し、後者は葉が3～4枚輪生する。

サワラ

白玉の　見がほし御面(みおもわ)　直向(ただむ)かひ
見む時までは　松柏(まつかへ)の　栄えいまさね
貴(たふと)き我(あ)が君

大伴家持（巻十九—四一六九）

この歌は大伴家持が越中の守として、任国にあった時、都にある母坂上郎女に贈った歌である。これは長歌の最後の部分である。意味は「真珠のように見飽きない母上のお顔を、お会いして見るまで松柏類のように、いつまでもお変わりなくお健やかに元気でいて下さい」というもの。「松柏の」は栄ゆの枕詞。松柏類はマツ、ヒノキ、サワラなど常緑樹の総称として用いられる。常緑樹のようにいつまでも青々として元気でいてほしいと詠っている。この歌では松柏類の特定の種をイメージして詠ったものではないと思う。いわき市には「沢尻の大ヒノキ」として国の天然記念物に指定されているサワラがあるので、特にサワラを紹介したい。「沢尻の大ヒノキ」はヒノキとして指定されているが、樹種はサワラである。土地の人が「沢尻の大ヒノキ」と呼んでいるので、そのままヒノキとして指定されたものか、文化財審議委員の同定ミスか分からない。万葉表記では柏と表記されている。現在では柏はブナ科のカシワを指すが、本来はマツ、ヒノキ、サワラのような針葉樹を指していた。

サワラはヒノキとよく似ているが、ヒノキの小枝の鱗片葉が鈍頭で腺点がないのに対し、サワラは鱗片が鋭頭で腺点がある。「沢尻の大ヒノキ」は樹の下に小さな祠と鳥居がある。土地の人達から神木として敬われている。下部の枝は下垂し地面に接していて、接した部分から根が出ている。文化財審議会で一度ヒノキと決めた文化財の名称の変更は認められないのであろうか。

いわき市川前町沢尻の大ヒノキ（樹種はサワラ）

サンカクイ

湊葦に　交れる草の　しり草の
人皆知りぬ　わが下思ひは

作者不詳（巻十一—二四六八）

湊は河口など川が海や湖に流れ込む所をいう。「しり草」は『仙覚抄』で現在のサンカクイであるとする説が定説となっている。このほか山本章夫著『万葉古今動植正名』ではシチトウ説を唱えている。両種とも水辺に生えるカヤツリグサ科の植物。両種とも近海の湿地に生えるので、「湊葦に交じれる草」と詠まれており、どちらも歌の意に合う。歌意は「私があの方をひそかに思っているのを、人はみな知ってしまった。河口の葦に交じって生えているしり草ではないが」というもの。ここではサンカクイとした。

サンカクイは池や河口近くの湿地に生えしばしば大きな群落をつくる。茎は1mに達し、断面は三角形で、緑色平滑。夏から秋にかけ茎頂に数個の小穂をつける。小穂は長楕円形または卵形で、長さ7～12㎜、色は褐色である。果実は広倒卵形でレンズ形、黄褐色である。サンカクイの名も茎の断面が三角形であることから名付けられたもの。茎で蓆を作る。「しり草」の名も敷物や蓆として、尻に敷くからであろう。シチトウは七島の意で、鹿児島県の七島が畳表の産地であることからこの名がある。草丈約1mに達する。

敷物や畳表として利用されている。万葉集でしり草が詠われているのは、この一首だけである。万葉表記は知草であるが、別名に三角菅、蓆草、鷺尻刺などがある。三角菅の別名があることから、サンカクイとするのが妥当か。

いわき市小川町塩田のサンカクイ

シキミ

奥山の しきみが花の 名のごとや
しくしく君に 恋ひ渡りなむ

大原真人今城（おおはらのまひといまき）（巻二十―四四七六）

この歌が贈られた相手は大伴家持とされている。このころ大伴池主（いけぬし）が藤原仲麻呂を除こうとして暗躍していたが、密告され捕らえられた。その為池主の家に集まり策謀を練った時に詠われたと考えられている。歌意は「奥山に生えるシキミの花の名のように、わたしはあなたを恋慕い続けることでしょう」という意。池主や今城が敬慕していた大伴家持を偲んで詠んだ歌とされている。シキミは山中に自生する常緑小高木で、阿武隈山地では背戸峨廊、木戸川渓谷などの雑木林の中に生育する。中通り地方では東白川郡矢祭町からの記録がある。会津地方からの報告はない。3～5mくらいで幹は直立し、多数枝分かれする。葉は互生し長楕円形で両端尖る。シキミはハナノミンという有毒成分を含み、葉を傷つけると独特の香気があり、死臭を消したり、墓地を鳥獣に荒らされたりしないようにお墓に植えられる。また切り花としてもお墓に供えられる。浜通り地方では「ハナノキ」の方言で呼ばれている。別名ハナノキは花の代わりにお墓や仏前に供えたからだという。今ではシキミを山から採取するのが大変で、お墓に供える花は花屋から購入した生花になっている。

双葉郡楢葉町木戸川渓谷のシキミ

シダレヤナギ

青柳の　糸の細(くは)しき　春風に
乱れぬい間に　見せむ児もがも

作者不詳（巻十―一八五一）

「細しき」は繊細な美しさを表す形容詞。「青柳の糸の細しき」と枝の細さが表現されているので、シダレヤナギのことであろう。万葉集ではヤナギは柳、楊、夜奈宜、楊那宜その他多くの表記が見られる。楊はバッコヤナギやネコヤナギのような枝の垂れないヤナギを指し、柳は枝を下垂させるヤナギを指すことが多い。歌意は「青々とした糸のように細いシダレヤナギの枝の美しいことよ。春風に吹き乱されぬ今の内に誰かに見せてやりたい、そんな娘がいればよいのに」というもの。シダレヤナギの細くしなやかな姿を、柳腰のしなやかな女性をイメージし、そのような純粋な乙女を自分のものにしたいという願望がうかがわれる。

浅緑(あさみどり)　染めかけたりと　見るまでに
春の楊(やなぎ)は　萌えにけるかも

作者不詳（巻十―一八四七）

いわき市平いわき駅前のシダレヤナギ

「浅緑」は淡い緑色。「染めかけたり」は細い枝を緑色に染めて竿などに掛け干してある糸状のものに見立てていう。歌意は「浅緑色に染めて掛けたと見るほどに、春の楊は芽が出たことだ」と詠っている。

しば（総称）

大原の この市柴の 何時しかと
吾が念ふ妹に 今夜逢へるかも

志貴皇子（巻四―五一三）

志貴皇子は天智天皇の皇子。「大原」は大和明日香にある地名。「市柴」の市は立派ななどの誉め言葉であるが、ここではよく茂った柴の意。歌意は「大原のこの市柴ではないが、何時になったら逢えるかと念じていた妻に、今宵逢うことができたことよ」というもの。

柴は特定の種を指すものではなく、山野の落葉広葉樹などの燃料とする雑木の総称である。柴は繁葉からきているといわれる。昔話にある「おじいさんは山に柴刈りに、おばあさんは川へ洗濯に」の柴刈りは、焚き付けの為の雑木集めである。薪に点火するまでに、この柴を燃やした。コナラ、ミズナラ、クヌギ、アベマキなどの落葉樹の小枝は楢柴といい、アカガシ、シイノキなどの常緑樹の小枝は椎柴と呼ばれていた。イネ科のシバではない。第二次世界大戦時、燃料不足で子供達はしば集めに山に入った。コナラやクヌギなどの枯れ枝を探し、束ねて背負ってきた辛い記憶がある。

いわき市田人町水呑場の柴林

ジャケツイバラ

ざう莢(けふ)に　延(は)ひおほとれる　くそかづら
　　絶ゆることなく　宮仕へせむ

高宮王（巻十六―三八五五）

「ざう莢」はサイカチ説とジャケツイバラ説がある。万葉植物解説書ではサイカチ説をとっている書もあるが、大貫茂氏は『万葉植物事典』の中でジャケツイバラ説を提唱している。「おほとれる」は絡まりまとわりつくこと。くそかづらの標準和名はヘクソカズラ。「ざう莢に延ひおほとれるくそかづら」の三句は「絶ゆることなく」の序。歌意は「ジャケツイバラ（またはサイカチ）の木にまとわりついているヘクソカズラのように、長く絶えることなく宮仕えいたします」というもの。

ジャケツイバラはマメ科の落葉低木で宮城県を北限とする暖地系の植物である。樹高2～5ｍになり、茎や枝だけでなく、葉軸にも鋭い逆刺がある。葉は2回羽状の偶数複葉で小葉は6～16個の羽片をつける。四～六月に頂生する円錐花序をつける。花は黄色で、径25～30㎜、遠くからも目立つ美しさである。しかし、鋭いとげが嫌われ、各地で伐採除去されている。『レッドデータブックふくしま①』では準絶滅危惧にランクされている。福島県では浜通り地方からだけ記録されており、宮城県が北限である。ジャケツイバラは牧野富太郎は蛇結イバラであるとしているが、とげのある枝を蛇の穴に刺して蛇除けに用いたので、蛇穴棘からきたのではないかと思う。別説のサイカチは浜通り地方から会津地方まで稀に自生する。幹に分枝するとげがある。葉は互生し、偶数羽状複葉で葉軸に短毛がある。

いわき市中央台のジャケツイバラ

真野川渓谷のサイカチ（伊賀和子氏撮影）

ジャノヒゲ

山菅の　実ならぬことを　吾に寄そり
言われし君は　たれとか寝らむ

大伴坂上郎女（巻四―五六四）

「山菅の」は実の枕詞。「実ならぬ」は実がならない、すなわち実態の伴わない何の関係もないこと。歌意は「私とあなたは何の関係もないのに、関係があるかのようにあなたはいいますが、一体あなたは誰と寝ているのでしょうか」というもの。この歌の山菅はどのような植物を指しているのかに関しては、ヤブラン、ジャノヒゲ、オオバジャノヒゲ、スゲ類の総称とする考えが多く、定説がない。

ジャノヒゲはユリ科の多年草、明るい林床に生育する。地下匐に匐枝があり、所々に紡錘状に膨らんだ部分がある。葉は線形で幅2～3㎜で縁に小鋸歯がある。花は七～八月に花茎の先に数個の花をつける。花被片は白色が多いがときに淡い紫色のものもある。種子は球形でコバルト色をしている。同属にオオバジャノヒゲがあり、葉の幅が4～6㎜と幅広く、葉縁に鋸歯が無い。

万葉人はジャノヒゲかオオバジャノヒゲを山菅としていたのではないか。ジャノヒゲは実がなる（関係がある）が、あなたとは「実ならぬ」すなわち何の関係もないといっているので、種子の目立つジャノヒゲとするのが適当かと思う。

いわき市三和町新田のオオバジャノヒゲ

シュンラン

天平二年正月十三日、――時に、初春の令月、気淑く風和ぎ、梅は鏡前の粉を披き、蘭は珮後の香を薫らす――

作者不詳（巻五―八一五の序）

この歌は天平二年（730）に、太宰府長官大伴旅人の家で梅花の宴がもたれた時、各自一首ずつ歌を詠んだ。これは三十二首の歌につけられた序文の一部である。序文の作者については数人の名が挙げられ、明確ではないが、一応大伴旅人と見る説が有力である。令月はよい月、ここでは正月を意味する。「気淑く」はあたりの気配のこと。「鏡前の粉を披き」は梅の花の白さを女性の鏡の前の白粉に喩えたもの。「珮後」は紳士がつける匂い袋。「蘭」はシュンランと解したい。序文の意味は「天平二年正月十三日に宴会がもたれた。…その時節は、まさに初春の正月という良い月で、気候はよく風穏やかで、梅の花は鏡の前の美人の装いの白粉のように白く咲き、蘭は紳士の帯につけた匂い袋のように香っている…」というもの。

シュンランはラン科の常緑の多年草で、全国の山野に生育し、やや乾燥したところを好む。ひげ根は白色で肉質。葉は広線形で質硬く、縁に微細な鋸歯がある。花は早春に開花し、1茎に花1花で草丈より低い。外花被片は3個で細い倒披針形で先端やや尖る。内花被片は2個がずい柱を包む形をとり、唇弁は多肉でやや幅広く、紅紫色の斑点がある。外花被片が桃色や赤色になる突然変異種は愛好家に好まれ、シュンランだけの同好会もある。いわき市内の愛好家が昭和四十年ころ赤色の外花被片を持つ個体を見つけ、当時の値段で5万円の値がついた。一時野生ランのブームがおき、乱獲された。いわき市では新舞子浜のクロマツ林床に多数生育していたが、現在は激減している。方言も多く、会津地方ではジーバー、ジジババ、中通り地方ではジジババ、ジジバナ、ハックリ、浜通り地方ではジイトバナ、ジジバナなどと呼ばれている。

令和の元号はこの歌の「…時に、初春の令月、気淑く風和ぎ…」からとられている。

いわき市平藤間新舞子浜のシュンラン

ジュンサイ

あが心　ゆたにたゆたに　浮き蓴（ぬなは）
辺（へ）にも沖にも　寄りかつましじ

作者不詳（巻七―一三五二）

「あが心」は私の心。「ぬなは」は泥縄とも書き、ジュンサイの古名である。「ゆたにたゆたに」は心がゆったりと落ち着いていたり、揺れ動いたりして安定しない様をいっている。「ゆた」はゆったりと落ち着いた様、「たゆたに」は動揺する様。「寄りかつましじ」の「かつ」は可能、「ましじ」は打ち消しの推量助動詞。寄ってしまいそうにないの意味。歌意は「私の心はゆったり落ち着いていたり、揺れ動いたりして、ちょうどあの水に浮いたジュンサイのように、岸辺にも沖のほうにも寄ってしまいそうにない」の意。ジュンサイに寄せて恋に迷う若い女性の揺れ動く心を詠んだもの。

ジュンサイは浅い沼に生え、水底の泥から茎を伸ばし、長い葉柄から葉を水面に浮かべる。葉は楕円形で直径約10㎝、表面光沢がある。若葉はぬるぬるした粘液に包まれる。沼に小舟を浮かべ、ジュンサイの若葉摘みを行う。ジュンサイを採ることを採蓴（さいじゅん）という。蕪村は「採蓴を諷（うた）ふ彦根の傖夫（そうふ）かな」と詠っている。傖夫は田舎男のこと。歌いながらジュンサイを採っている様を詠んでいる。白河市南湖のジュンサイはよく知られているが、1990年代の浚渫（しゅんせつ）や水質悪化により失われてしまった。

白河市南湖のジュンサイ

ショウブ

ほととぎす 厭(いと)ふ時なし あやめぐさ

縵(かづら)にせむ日 こゆ鳴き渡れ

田辺史福麻呂(たなべのふびとさきまろ)（巻十八―四〇三五）

「縵にせむ」は菖蒲を頭に巻いて髪飾りにすること。歌意は「ほととぎすよ、お前を嫌だという気持ちは全くない。菖蒲を頭に巻いて髪飾りにする五月五日には、ここを鳴いて通ってほしい」の意。あやめぐさは五月五日の節句に欠かせないものとして珍重されていた。これと万葉人に愛されたホトトギスと相伴うものとしてもてはやされるようになる。

五月五日は現在こどもの日であるが、端午の節句とも呼ばれている。端午は五節句の一つで、菖蒲の節句ともいう。男子の健やかな成長を祈願し各種の行事を行う風習がある。奈良時代から続く行事で、季節の変わり目で病気や災い除けに薬草を摘んだり、蘭（香草の一種）を入れた湯を浴びたり、菖蒲を浸した酒を飲んだりする風習があった。菖蒲は邪気を避け悪魔を払うという信仰があり、端午の節句にはショウブとヨモギを軒先にさした。その為、ノキアヤメの別名がある。ショウブにはアサロンやオイゲノールという精油が含まれ、腰痛や神経痛を和らげる効果がある。また、ショウブの独特の香りにアロマセラピー効果もあるといわれている。ショウブは夏の季語にもなっている。

ショウブは全国各地の池や湿地に生える多年草。地下に根茎を這わせる。初夏に花茎から無柄の花穂を斜めに出して、淡い黄緑色の花を密につける。葉は細く、葉脈が明瞭である。アヤメはアヤメ科の植物で、サトイモ科のショウブとは全くの別種である。

いわき市中央台くらしの伝承郷の池のショウブ（伊東善政氏撮影）

シラスゲ

いざ子供 大和へはやく 白菅の
真野の榛（はり）はら 手折りていかむ

高市連黒人（たけちのむらじくろひと）（巻三―二八〇）

「白菅」はスゲの中で白っぽい色をしたスゲの総称か。現在の和名でシラスゲというスゲがある。阿武隈山地からは、いわき市平の石森山、内郷、石川郡古殿町三株山、東白川郡塙町、矢祭町、田村郡三春町、伊達市霊山、田村市滝根町、船引町などの産地が報告されている。この歌の真野は笠女郎（かさのいらつめ）が詠った陸奥の真野ではなく、現在の神戸市長田区真野町であろうといわれている。歌意は「さあ、子供達よ、早く故郷の大和にかえろう。シラスゲが生えている真野のハンノキの枝を手折って」と詠っている。榛はハンノキのこと。

シラスゲはやや湿った場所に群落をつくる。多年草で高さ30～60㎝になる。葉は線形で茎より長く超出する。葉の色は白色を帯びた緑色。ハンノキもやや湿った環境に生育し、群落をつくる。シラスゲとハンノキは生育環境が似ている。湿地は開発され宅地や田畑になっているところが多いが、双葉郡川内村にはまとまったハンノキ林が残り、シラスゲも生育する。また裏磐梯には多くのハンノキ林が見られ、その林床にシラスゲが見られる。

相馬市松川浦のシラスゲ（伊賀和子氏撮影）

シラン

忽ちに芳音を辱くし、翰苑雲を凌ぐ

――蘭蕙藂を隔て、琴罇用ゐることなく

空しく令節を過ごし――

大伴池主（巻十七―三九六七序）

この歌は大伴家持からの書状に対し、大伴池主の返書の一部である。「芳音」は有難い便り、相手の書状に対する敬語として用いられている。「翰苑」は文章のこと。「雲を淩ぐ」はすぐれていること。「蘭蕙」は香草の一つで、蘭はシュンシラン、蕙はシランのこと。「藂をへだて」は草むらを隔てる、すなわち逢えないこと。「琴罇」は琴と酒樽のことで、「琴樽を用ゐることなく」は逢って酒を酌み交わす機会がないこと。文章は「思いがけなく、有難い書状を頂いて、その文書は誠に立派で、…親しい交わりのあなたと逢うこともなく、共に酒を酌み交わせず良い季節をいたずらに過ごして…」というもの。これは大伴池主が国守の大伴家持へ、久しぶりにお会いし共に一献傾け歓談したいといっている書状の一部である。

シランはラン科シラン属の地生の多年草である。日当たりの良い山の斜面に多い。偽球茎は多肉な球形で横に並ぶ。茎は高さ30～70cmで、葉は披針形で硬い草質、無毛で先端尖る。四～五月に花茎の先に紅紫色の花を数個つける。外花被片は3個で、先端が尖った狭楕円形。唇部は花披片と同長で浅く3裂する。福島県ではいわき市平下高久の丘陵地の斜面に群生している。ここには白花品も混じる。白花品はシロバナシランとして区別されるが、完全な白色ではなく、淡い桃紫色が少し残る。双葉郡広野町と楢葉町の海岸近くの斜面にも生育するが、近くに人家があり真の自生かどうか分からない。いわき市の市街地では道路の街路樹の根元に植えられている。生育状態も良く毎年花を咲かせる。令和の元号は万葉集巻五―八一五の序「…時に、初春の令月…」からとったといわれるが、この歌にも令節（良い季節）と詠われている。

いわき市平下高久のシラン（自生）

シロヤシオ

たくひれの　鷺坂(さぎさか)山の　白つつじ

我に似穂(にほ)はね　妹に示さむ

作者不詳（巻九―一六九四）

「たくひれの」は鷺坂山にかかる枕詞。「鷺坂山」は現在の京都府城陽市の久世神社があるあたりの山といわれる。「我ににほはね」は私の着物に染みておくれの意。歌意は「鷺坂山に咲いている白つつじよ、私の着物に染みておくれ、妻に見せよう」の意。ツツジの仲間で花が白い種として最も普通に見られるものはシロヤシオがある。改良されたサツキの中にも白色のものがあるが、万葉時代にはまだなかった。

シロヤシオは本州から四国に分布する樹高約6mに達する落葉低木。葉は枝先に5枚輪生し、短い柄をもつ。花は六月ごろ枝先に1～2個つける。花は花冠広いロート状で先端5裂する。本州中部以北にムラサキヤシオツツジが生育する。紫紅色のムラサキヤシオに対して花が白いのでシロヤシオの名がある。葉が5個輪生することから、ゴヨウツツジとも呼ばれ、愛子内親王の御印となっている。本種は老木になると、幹が松の樹皮のようになるので、マツハダドウダンの名もある。夏井川渓谷の中部以上に本種の老木が多い。また、二ツ箭山にも巨木がある。夏井川渓谷の対岸はアカヤシオの自生地として遺伝子保存林に指定されている。その林の中にシロヤシオも混生する。浜通り地方と中通り地方には産地が多い。会津地方からは甲子山からの記録がある。ドウダンツツジ説もあるが、分布は稀で、鷺坂山ならシロヤシオの可能性が高い。

いわき市夏井川渓谷のシロヤシオ

スギ

うまさけを 三輪の祝（はふり）が 斎（いは）ふ杉
手触れし罪か 君に逢ひがたき

丹波大女娘子（たにわのおほめのおとめ）（巻四―七一二）

「うまさけ」は三輪の枕詞。三輪神社の大杉を詠ったもの。歌意は「三輪神社の神木である杉に、私が手を触れてしまった罰であろうか、なかなかあなたに逢うことができません」と詠っている。作者は遊女であるともいわれるが、詳しくは分からない。三輪山は大和盆地の東にそびえる美しい姿をした山。

　スギを詠った歌は十二首ある。スギは古生代に世界に広く分布していたが、現在は日本にだけ残っている特産植物である。秋田杉や日南杉は有名であり、スギの南限は屋久島である。三輪山は大和盆地の東にそびえる美しい姿の山で、大和の人々は深い信仰の情を抱いて仰ぎ眺めていた。

　スギは樹形が円錐形で細長く鬱蒼と繁る巨木に神を感じ、古代から尊敬崇拝されてきた。阿武隈山地では相馬市大悲山の大スギ、いわき市閼伽井嶽薬師常福寺の龍燈杉が有名で、天然記念物に指定されている。龍燈杉には龍燈伝説が残されている。昔、閼伽井の村娘が龍神にさらわれ、乙姫になり、龍神の子を身ごもったが難産で苦しんだ。その為龍神は閼伽井薬師如来に安産祈願をしたところ無事美しい子が生まれた。喜んだ龍神と乙姫は薬師如来にお灯明をあげたという。数十の火の玉が夏井川をさかのぼり、薬師如来前のスギの梢にとどまり、その後薬師如来に入ったという。

　いわき市の保存木には平下平窪の「諏訪神社のスギ」ほか5本のスギが指定されている。屋久島は天然スギの南限で、縄文スギは樹齢七千年、弥生スギは三千年といわれる。

いわき市閼伽井嶽薬師常福寺の龍燈杉

ススキ

みちのくの 真野の萱原 遠けども
面影にして 見ゆといふものを

笠女郎（かさのいらつめ）（巻三―三九六）

この歌は笠女郎が大伴家持に贈った歌で、「みちのくの真野の萱原はここから遠い所ですが、心に見たいと願えば、目の前にその姿が浮かぶというのに、遠くもないあなたにどうしてお目にかかれないのでしょう」と詠っている。「真野の萱原」は現在の福島県南相馬市鹿島区の真野川流域といわれている。昭和二九年（１９５４）に鹿島町と真野、八沢、上真野の3村とが合併し、真野の地名はなくなっている。わずかに真野川、真野古墳群、真野神社などに真野の名が残っているに過ぎない。『枕草子』でカヤとあるのはメガルカヤやオガルカヤを指すといわれるが、この歌の萱原はススキの原をいう。

福島県ではススキのことを方言でカヤといっていた。昔真野周辺には茅野という場所があって、集落でススキ原を守っていた。定期的に野焼きが行われ、どこかの家で屋根葺きが行われる時には集落の人総出で萱葺きを手伝った。現在、屋根は瓦葺きやトタン屋根となり茅野はなくなっている。真野のように万葉集にでている地名は文化財である。大切に残したいものだ。ススキは冬に枯れるが、常緑のススキがありトキワススキと名付けられている。福島県浜通り地方にまれに産する。

いわき市平北白土のススキ

スダジイ

家にあれば 笥(け)に盛る飯(いひ)を 草枕
旅にしあれば 椎の葉に盛る

有間皇子(ありまみこ)（巻二―一四二）

「笥」は食器のこと。作者は斉明天皇が紀伊に行幸していた時、この留守を預かっていた蘇我赤兄に唆されて謀反を企てた。しかし赤兄の奸計により謀反は成功せず、捕らえられ紀州に送られた。この歌は罪人として紀州に送られる途中の食事を詠んだもの。「家にいる時は食器に盛る飯を罪人として送られる身なのでシイの葉に盛る」と詠っている。

シイの葉は幅1cm、長さ4cmくらいの小さい葉である。万葉集解説書ではシイの葉1枚では小さいので、葉をつけたシイの枝を何枚か重ねて飯を盛ったのだろうとか、ナラガシワだったのではないかとする考えが紹介されている。しかし、飯を盛る葉なら道端にフキの葉や、樹木ではホオノキやカシワの葉もあったであろう。実際にシイの葉に盛ったのではなく、罪人としての貧しく少ない食事を、シイの葉に盛ると表現したものであろう。

いわき市平豊間八幡神社のスダジイ林は市の天然記念物に指定されている。いわき市の海岸丘陵地帯はシイ帯と呼ばれ、スダジイの自然林が残っている。春の新芽は黄色で美しい。いわき市平上平窪のシイ群は県の天然記念物に指定されている。また、県指定の天然記念物である波立(はったち)海岸の樹叢のなかには多くのスダジイが混生する。南相馬市原町区の初発神社のスダジイ林も県指定天然記念物に指定されている。『宮城県植物誌』には仙台平野区と阿武隈山地から記録され、北限とされている。

いわき市平豊間八幡神社のスダジイ林

スベリヒユ

入間道の　大屋が原の　いはゐつら
引かばぬるぬる　吾にな絶えそね

東歌（巻十四―三三七八）

「入間道」は現在の埼玉県入間市一帯。「大屋が原」は入間市越生町大屋が原。

「いはゐつら」は鳥取県でスベリヒユのことを、いわひづるといっていることから、白井光太郎や牧野富太郎はスベリヒユ説を唱え、ほぼ定説になっている。歌意は「入間道の大屋が原のいわゐつらが、引いたらずるずると寄ってくるように、私が誘ったら寄ってきて離れないでくれ」というもの。「いはゐつら」を詠った歌に次の歌がある。

上野　可保夜が沼の　いはゐつら
引かばぬれつつ　吾をな絶えそね

東歌（巻十四―三四一六）

上野可保夜が沼は場所不明。この歌の「いはゐつら」は湿地に生えていることになる。白井光太郎は、スベリヒユは湿地にも生えるので問題ない、としている。多くは畑などに生えるが、田の畔のようなやや湿った所にも生えている。しかし、沼の水中には生育しない。その為ジュンサイ説やミズハコベ説もある。

いわき市平赤井の畑のスベリヒユ

すみれ（総称）

春の野に すみれ摘みにと 来しわれそ
野をなつかしみ 一夜寝にける

山部赤人（巻八―一四二四）

歌意は「春の野にスミレを摘もうとして来たが、その野に心を惹かれ一晩野に宿をとってしまった」というもの。

万葉時代にはスミレを食用としていた。現在でもスミレを早春の野草として愛でるだけでなく、食用にもしている。このスミレは特定の種（スミレ＝Viola mandshurica）を指しているのではなく、野生のスミレの総称として使われていたものと考えられる。阿武隈山地や奈良・京都周辺のごく普通のスミレはタチツボスミレである。やや湿った草原にはツボスミレも生育する。いわき山楽会という組織で「野草を食べる会」を何度かもったことがある。その時ご飯は「スミレご飯」であった。ご飯に塩味をつけておいて、炊き終わったらそこにスミレの花を入れる。その時使ったスミレはタチツボスミレであった。ご飯は美しく美味しかった。

福島県からは多くのスミレ属の種類が記録されているが、阿武隈山地（大滝根山）から記録された種類にタキネスミレ（正式に記載されなかった）がある。ミヤマスミレの葉柄が短くなった型である。会津地方と中通り地方にはスミレサイシンが生育する。これに対し、浜通り南部にはナガバノスミレサイシンが分布し、いわき市が北限である。

いわき市平石森山のタチツボスミレ

スミレの仲間

いわき市勿来のシハイスミレ

いわき市郷ヶ丘のアリアケスミレ

いわき市三和町のマルバスミレ

いわき市朝日山のヒナスミレ

いわき市平石森山のスミレ

いわき市三和町芝山のアケボノスミレ

いわき市三大明神山のナガバノスミレサイシン

スモモ

吾が園の　李の花か　庭に散る　はだれのいまだ　残りたるかも

大伴家持（巻十九―四一四〇）

「はだれの」はうっすらと降り積もる雪や霜のこと。この歌は越中守として越中に在任した時の歌。歌意は「私の庭の眺めは、すももの花が散るのか、それとも薄い雪が消えずに残っているのかと思われる様である」というもの。

スモモは中国原産で、古い時代に渡来していたようで、『日本書記』や『古事記』にもでてくる。李と書くが、酸味が強いので酸桃とも書かれる。日本でのスモモの産地は山梨県、和歌山県、長野県の三県が代表的な産地で、福島県は産出量からは第七位で年間737トンを生産している。果実は品種により赤、紫、黄色などがある。樹は高さ3m以上になり、枝は多数分枝し横に広がる。葉は互生し、長披針形から倒卵状披針形で先端は尖る。長さ7cmになる。葉の表面は脈に沿ってわずかに毛があるが、裏面は無毛。春に長い花柄をつけた花を1～3個散形花序につける。花弁は5枚で白色。果実は球形で酸味が強いが完熟すると甘味がでる。

十九世紀にアメリカに渡り、ルーサー・バーバンクにより品種改良され、再びプラムとして輸入された。「李下に冠を正さず」の言葉がある。また「桃李門に満つ」の語もある。優れた人材が多数門下にいることをいう。美しい身なりを、「桃李の粧」などと表現する熟語や諺がある。

スモモ（購買品）

セリ

あかねさす 昼は田賜(たた)びて ぬばたまの
夜の暇(いとま)に 摘める芹これ

葛城王(かつらぎのおほきみ)（巻二十―四四五五）

葛城王は後に橘諸兄(もろえ)と称し、班田使として民に田を分かち与える任を天皇から命じられていた。この歌は山城国に班田使として行った時、薛妙観という女性にセリを摘み届けた時の歌である。歌意は「昼の間は田の仕事を行い、夜にようやく摘むことが出来たセリです。召し上がって下さい」というもの。この歌の返歌が次の歌である。

丈夫(ますらを)と 思へるものを 太刀佩(は)きて
かにはの田居に 芹ぞ摘みける

薛妙観命婦(せちのみょうかんみょうぶ)（巻二十―四四五六）

歌は「太刀を付けて堂々としていらっしゃるあなたが、私の為に夜の内にこんなに芹を摘んで下さり有難うございます」と返している。

セリは水湿地に生えるセリ科の多年草。日本全国の湿地や水田の用水路などに普通に生育する。草丈20～70㎝になり、太く白い匍匐(ほふく)枝を出して繁殖する。秋に匍匐枝の節から新苗を出し、冬を越して春に盛んに生長する。夏に直立する花茎の枝に散形花序をつけ、多数の白花をつける。相馬郡新地町から宮城県山元町はセリの一大産地である。

いわき市三和町上三坂湿地のセリ

センダン

妹が見し　楝の花は　散りぬべし
わが泣く涙　いまだ干なくに

山上憶良（巻五―七九八）

この歌は筑紫守であった憶良が、上司である大伴旅人の妻の死を悼み旅人の心中を察して詠ったもの。楝はセンダンの古名。歌意は「妻がかつて見たセンダンの花は散ってしまいそうだ。妻を偲び悲しむ私の涙がまだ乾かないうちに」の意。旅人が筑紫に下ったのは64歳の時であった。赴任して間もなく妻が亡くなった。旅人の妻は美しさを誇らず、目立たない女性であったらしい。センダンは暖地の植物で、関東地方以南の海辺や山地に自生する。阿武隈山地に自生はないが、いわき市内各地の民家にも栽培されており、夏井川河口近くの土地にも多数植えられている。

センダンはセンダン科の落葉広葉樹で、花は五～六月ころ枝先に複集散花序をつけ、淡紫色の花を多数つける。一つ一つの花は小さく目立たなく豪華さはない。自分の美しさを誇らない控えめなところが万葉人に好まれ、愛された。控えめに咲くセンダンを自分の妻と重ねたもの。『新牧野日本植物図鑑』では別名オウチとしている。

万葉表記では安布知、安不知、阿布知と記されているのでアフチと呼んでいたのだろう。「梅檀は双葉より芳し」はビャクダンのことで全くの別種。双葉郡双葉町では「双葉より芳し」からセンダンを町の木に指定し、各家庭に苗を配布している。

いわき市上荒川公園のセンダン

たけ（総称）

さす竹の　よ隠（ごも）りてあれ　わが背子（せこ）が
わがりし来ずは　あれ恋ひめやも

作者不詳（巻十一―二七七三）

歌意は「あなたは竹のどこかに隠れて下さい。あなたが私のところにさえこなかったら、あなたを恋いしく思ったりはしなかったでしょうに」というもの。私の目につかない所に行って下さい、といっている。「さす竹の」は「よ隠りて」の「よ」の枕詞。「よ」は竹の節と節との間のこと。「よ隠りてあれ」は竹の節と節との間の空洞に隠れてくれという意味。竹取物語のかぐや姫を思わせる。節の間に隠れるのだから、ヤダケやスズタケのような細い竹ではないだろう。竹で最も太いのはモウソウチクであるが、この竹は万葉時代には移入されてなかった。元文元年（1736）に鹿児島に初めて伝わったといわれる。マダケとハチクは日本自生のものもあったが、中国から移入したものが多い。

マダケはハチクより幹が太くて13cmになり、「よ隠りてあれ」と表現されてもよい竹である。幹は伸縮性が少ないので、物差しに用いられた。また、尺八に使われるのもマダケである。節は輪上で周辺よりやや高くなる。節間は25～45cmと長い。葉鞘は遅くまで残る。葉は長楕円状披針形で先端尖る。ハチクは直径3～10cmでマダケよりやや細い。葉鞘は早く落ちる。マダケ、ハチクともに筍を食した。また根が地面下を広く這い、地震や水害に強いので、屋敷林や護岸用に植えられた。

いわき市渡辺町の民家裏のマダケ

タブノキ

磯の上の　つままを見れば　根を延へて
年深からし　神さびにけり

大伴家持（巻十九―四一五九）

この歌は家持が出挙の状況を見回る為、旧江村に行く途中、風景を眺めて詠んだ歌とされている。出挙とは、官が庶民に金を貸し付け、後で利子をつけて返済させる制度である。歌意は「海岸の磯の上に生えたつままの木を見ると、根を延ばし長い年月を経て神々しくなっている」の意味。「つまま」については諸説がある。イヌツゲ説、マツ説、タブノキ説などがあり、定説がない。タブノキは海岸性の常緑樹で暖帯に多い。「神さびにけり」という言葉から海岸岩場に根をはった大木が想像される。いわき市江名の走出岬のタブノキ群落は市の天然記念物に指定されている。群落の中心はほとんどタブノキの純林で、鬱蒼とした雰囲気は神々しさを感じさせる。「磯の上の　つままを見れば」という歌からすれば、この「つまま」はタブノキと考えたい。

タブノキは下生にシダ植物のイノデ類を伴うことが多く、植物生態学的にはイノデ－タブ群集と名付けられている。暖地の海岸性暖帯林に広く分布する常緑高木で北限は秋田県である。五月に出る新芽は黄色なので美しく、遠くからでも区別できる。タブノキは福島県では浜通り地方からだけ記録されている。

いわき市江名のタブノキ林と花序（市指定天然記念物）

チカラシバ

立ちかはり 古き都と なりぬれば
道の柴草 長く生ひにけり
田辺福麻呂歌集（巻六―一〇四八）

天平十二年（７４０）太宰府の次官であった藤原広嗣が九州で反乱を起こした名門藤原家の家系であるにも関わらず、遠く都を離れ太宰府に追いやられたのは、当時朝廷で勢力をふるっていた吉備真備（きびのまきび）や僧玄昉などの策謀によると考えた為である。聖武天皇は広嗣の反乱に衝撃を受け、都を出て伊賀、伊勢、美濃近江などを巡り、山城の甕原（みかのはら）宮に移った。その後、奈良に戻るまで約5年間奈良は旧都となっていた。歌は「すっかり何もかも変わり、奈良も昔の都となってしまったので、道端の柴草も長く伸びてしまった」という意である。

この柴草が何にあたるかについては、オニシバ、ギョウギシバ、メヒシバ、オヒシバ、チカラシバなどが挙げられている。放置され空地になった場所やあまり使われなくなった山道によく生える雑草としては、メヒシバ、オヒシバ、チカラシバなどが考えられる。一種と考えるのには無理がある。空地に生える雑草の総称として柴草と表現したものであろうが、代表的雑草としてチカラシバを挙げる。イネ科の多年草で、丈夫な根を地下に伸ばし、強い力を加えなければなかなか引き抜けない。その為、チカラシバの名がある。葉は細長い線形で秋に茎の先端に総状花穂をつける。穂の長さは7～10㎝になる。踏みつけに強く、放置された空地や山道によく生える。

いわき市好間町上好間の山道のチカラシバ

チガヤ

印南野の　浅茅押しなべ　さ寝る夜の
け長くしあれば　家し偲はゆ

山部赤人（巻六―九四〇）

神亀三年（726）聖武天皇は明石、加古の地に1週間ほど滞在された。その時随員の一人として加わった山部赤人の歌である。歌意は「印南野の一面に生えるチガヤを押し伏せて寝る夜が幾日も続くので、故郷の家のことがしきりに思われてならない」の意味。「浅茅」はチガヤのこと。

チガヤはイネ科の多年草で、日本全土の郊外原野や路傍にごく普通に生育する。根は深く地中を這う。草丈は30～70㎝でススキに比べ低いが群生し、四月下旬～五月上旬にかけ花穂をのばして一斉に咲いた様は美しい。牧野富太郎によれば、チなるカヤの意味であるとしている。チは千のことでいたるところ群生するカヤの意味。根茎を茅根といい、薬用とした。子供のころ、チガヤ（ツバナ、チバナとも呼ぶ）のまだ若い白い花穂を食べたことがある。少し甘味があり、おやつなどない時代には子供のよい食べ物であった。万葉時代にも食用にしたようだ。会津地方から浜通り地方までごく普通に生育している。

いわき市平下高久の路傍のチガヤ

チマキザサ

ささの葉は み山もさやに さやけども
われは妹思う 別れ来ぬれば

柿本人麻呂（巻二―一三三）

この歌は人麻呂が石見（いわみ）の国から妻と別れて上京して来た時の歌である。題詞には「柿本朝臣人麻呂石見の国より妻を別れて上り来る時の歌」とある。石見の国は現在の島根県西部に位置する。この妻は石見の国に滞在している間に通った女で、いわゆる現地妻である。「ささの葉はみ山もさやにさやけども」とサ行音を繰り返し、山全体がさわさわと爽やかな音を出している情景を思わせている。歌は「ささの葉は山全体にさやさやと音を立てているが、私は今妻と別れてきたので、その音にも妨げられず、別れてきた妻のことを想っている」と詠っている。題詞からみてこの歌は都に戻ってから詠われたのではなく、任地から都に向かう時に詠われたものである。石見の国かその近隣の地で詠われたと考えると、歌に出てくるササは日本海側分布型の種であろう。阿武隈山地に普通なスズタケやミヤコザサは石見地方には産しない。チシマザサは多雪地帯に多く、ブナ林の林床に生育するが、石見地方の低地には産しない。島根県周辺に分布するササとしてはチマキザサが考えられる。

チマキザサは北海道から本州日本海側の産地に大群落をつくる。鈴木貞雄著『日本タケ科植物総目録』の分布図によれば島根県には多数の産地が点打されている。島根県周辺に分布するササ類のチマキザサ以外の種は産地が少ない。この歌に詠まれているササはチマキザサと考えてよいと思う。稈は1m半に達し、葉は幅広く、表裏ともに無毛である。会津地方に多数の産地が記録されている。チマキを作るのに用いられる。

会津若松市滝沢峠のチマキザサ（栗城英雄氏撮影）

ツゲ

君なくは　なぞ身装(みよそ)はむ　櫛笥(くしげ)なる
黄楊(つげ)の小櫛(をぐし)も　取らむとも思はず

播磨娘子(はりまのおとめ)（巻九―一七七七）

この歌は播磨国守石川君子が任を解かれ、都に帰る時、播磨娘子が贈った歌である。播磨娘子についてはよく分かっていない。民家の娘か、遊女(あそびめ)ともいわれている。当時の知識階級の男性と対等に歌を詠む才能を持っていたようだ。歌意は「あなたがいらっしゃらなかったら、どうして私が身づくろいなどしましょうか。櫛笥の櫛の箱中の黄楊の櫛も手を取ろうとさえ思わないでしょう」というもの。黄楊は材質硬く、白色で櫛材としては最高の材料である。

ツゲは関東以南に分布する常緑低木で、幹は直立し１～３ｍくらいで直径８㎝程度。福島県に基本種であるヒメツゲより大きい。葉は厚く広卵形で対生する。自生はない。県内でツゲとして栽培されているのは稀で、ほとんどイヌツゲである。イヌツゲはモチノキ科の樹で、山地の日当たりの良い草原や明るい林縁などに生育し、福島県からは浜通り地方から会津地方まで多くの産地が記録されている。ツゲとの簡単な見分け方は、葉が互生することである。花もツゲは腋生か頂生で黄であるがイヌツゲの花は白色の５弁花である。

いわき市小川町のツゲ（古川眞智子氏撮影）

ツボスミレ

山吹の　咲きたる野辺の　つぼすみれ
この春の雨に　盛りなりけり
高田女王（たかたのおほきみ）（巻八—一四四四）

歌意は「山吹が咲き乱れている野辺に咲いているツボスミレが、この春の雨のなか今を盛りに咲いている」というもの。この「つぼすみれ」については、『代匠記』では、スミレの花の基部は円くつぼのようになっているので「つぼすみれ」と呼んでいるだけで、スミレの別名とし、同一品としている。

スミレ属の種は有茎種と無茎種に大別される。スミレは無茎種で、ヒメスミレ、シロスミレ、ヒカゲスミレ、コスミレなどと同じで地上茎がない。スミレの花色は濃紅色で花弁の長さは7～10㎜、側弁には毛がある。『代匠記』で「基部がつぼのようになっている」と表現された器官は分類学の用語では距（きょ）という。スミレ属の種のほとんどにこの距がある。スミレはこの距がやや長い。ツボスミレは地上茎があり、花の色は白色で唇弁には紫条が入る。距は短い。葉も異なり、スミレの葉は長楕円形であるのに対し、ツボスミレの葉は扁心形である。ごく普通なタチツボスミレの葉は心形ないし扁心形で花は紫色である。生育環境も異なり、スミレやタチツボスミレはやや乾いた草原や山麓に多いが、ツボスミレはやや湿った所に生える。オギとススキを区別していた万葉人が、花の色や葉形が異なるスミレとツボスミレを同一種と見ていたとは思えない。高田女王が詠んだ「つぼすみれ」は現在の和名のツボスミレのことであろう。

いわき市田人町四時川渓谷のツボスミレ（鈴木為知氏撮影）

ツユクサ

月草の うつろひ易く 思へかも
我が念ふ人の 言も告げ来ぬ

大伴坂上大嬢（巻四―五八三）

ツユクサは万葉表記では月草、鴨頭草、鴨跖草などと記されている。家持19歳の時、大伴坂上大嬢に贈った歌に対して大嬢が答えた歌である。作者は大伴旅人の従妹で、父は大伴宿奈麻呂、母は大伴坂上郎女。この歌は「あなたは私を心の変わり易い女と思っておられる為でしょうか、あなたは便りさえ下さらない。恨めしいことです」の意。

月草に 衣そ染むる 君がため
まだらの衣 摺らむと思ひて

作者不詳（巻七―一二五五）

歌意は「露草で衣を摺り染めにします。それはあなたの為にまだらに染めた美しい衣を作ろうと思うからです」というもの。

ツユクサは全国の山野いたるところに自生する一年生草本。茎の下部はやや這い分枝し、草丈30～50㎝になる。葉は卵状披針形で無毛で先端尖る。葉腋から花序を出し、七～九月に集散花序に数個の花をつける。花は一日花で夕方には萎む。花弁は3個で上側の2個は青色で円形。草にはアクが無く食べられる。またアントシアン系の色素をもち、脱色しやすいので、下絵を描くのに用いられる。

いわき市中神谷のツユクサ

テイカカズラ

――玉藻なす なびき寝し児を 深海松の
深めて思へど さ寝し夜は いくだもあら
ず 延ふつたの 別れし来れば――

柿本人麻呂（巻二―一三五）

この歌は、柿本人麻呂が石見国から大和へ上った時に詠った長歌の一部。「玉藻なす」は「海辺の岩場に生える海藻」のこと。特定の種を指しているのではなく、波に揺れる海藻の全てを指している。「いくだもあらず」は「そう多くもないのに」の意。「延ふつたの」は蔓の枝が方々に分枝して別れているので、「別れ」にかかる。歌意（後半の一部だけ）は「海岸に美しい海藻が生えている。その藻が海の中で浪になびくように横になり共に寝た妻を心に深く愛しいと思う。共寝の夜もそう多くもなく別れてきたので…」と詠っている。この「つた」はブドウ科のツタやノブドウのことではない。ブドウ科のツタは当時「あまかづら」とか「あまづる」と呼ばれていた。万葉集で詠まれているツタは、絡石（らくせき）と呼ばれていたキョウチクトウ科のテイカカズラであるとされている。

テイカカズラは各地に生育するつる性の常緑の木である。茎の長さは10mにもおよび、樹幹や岩上に絡まるように生育する。六月ごろ芳香をもつ風車状の白い花をつけ、次第に淡黄色になる。和名は謡曲「定家」からきているとも、「庭下」の意で庭の石や樹木に絡まっているからともいう。浜通り地方と中通り地方にはやや普通に分布するが、会津地方では稀となり『福島県植物誌』では会津若松市高野町が記録されているだけである。

いわき市内郷御台境のテイカカズラ

トコロ（オニドコロ）

皇祖の 神の宮人 ところづら
いや常しくに 吾かへり見む

作者不詳（巻七―一一三三）

「皇祖の神」は歴代天皇のこと。「皇祖の神の宮人」はところづらの序。「ところづら」はトコロの蔓が長く続いているので、代々天皇が続いていることの比喩としている。「いや」はいよいよとか永遠にの意味。歌意は「歴代天皇に次々に仕えてきた宮人のようにいよいよ長くいつまでも私はこの吉野を訪れよう」というもの。この歌は「吉野にして作る」と題する一連の歌の一首。他の歌も吉野の素晴らしい風景を詠んでいる。「ところづら」はトコロの古名で野老とも書く。これはひげ根を老人のひげに喩えたもの。

トコロはヤマノイモ科の多年草。北海道から九州までの山地にごく普通に分布する。茎は長く伸び、葉は互生し長い柄を持つ。葉形は心臓形で先端尖り、基部はハート形となる。質は薄く無毛である。雌雄異株で、夏に葉腋から長い花序をだし、淡緑色の花を多数つける。雄花序は直立し、雌花序は垂れ下がる。さく果には3枚の翼がある。長寿を祝う為、正月に飾る所もある。根を食用とするが、ナガイモに比べ味は苦い。

いわき市小名浜のトコロ

ナシ

もみち葉の　にほひは繁し　しかれども
妻梨の木を　手折り(たお)かざさむ

作者不詳（巻十―二一八八）

「にほひ」は色つやのこと。「繁し」は多いこと。モミジの色は黄色、紅色、褐色などいろいろある事を意味している。「妻梨の木」は妻がないことを、なしと同音の関係で梨にかけている。歌意は「モミジの色は様々あるが、私はあまり目立たない梨の木の紅葉した様を好ましく思い、その枝を折り取って髪にさそうと思う」というもの。妻梨とあるので、妻を亡くした男が嘆きをこめ詠ったもの。「つま」を夫の意にとると、夫を亡くした女の歌ともいえる。

野生状態のナシはヤマナシと呼ばれ、古い時代にアジア大陸から人の手により持ち込まれたものと考えられている。弥生時代の登呂遺跡から多数のナシの種子が発見されている。すでにこの時代には人家周辺にナシが栽培されていたのではないかと思われる。明治時代に千葉県において二十世紀が発見され、神奈川県からは長十郎が作出された。太平洋戦争後、幸水、親水、豊水の３品種が世に出され三水と呼ばれた。その後多くの品種が作出されている。ナシの生産量の第一位は千葉県、二位が長野県で四位が福島県となっている。いわき市常磐藤原町のヤマナシは昔御斉所街道を旅する旅人の道しるべとなっていた。

いわき市常磐藤原町の市天然記念物のヤマナシ

ナツツバキ（シャラノキ）

――所以（このゆえ）に維摩大士（ゆいまだいじ）は玉体を方丈（ほうじょう）に疾（や）ましめ、
釈迦能仁は金容（こんよう）を双樹に掩（かく）したまえり――

山上憶良（巻五―俗道仮合詩序）

「方丈」は一丈（十尺）四方の部屋。「維摩大士」は仏・菩薩の尊称。「釈迦能仁」の能仁は釈迦の漢訳名。歌意は「維摩大士も方丈の居室で病気の苦しみを持ったし、釈迦如来も沙羅双樹の林で死滅の苦しみから免れなかった」という意味。この文の後に、このような聖人でさえ忍び寄る死の魔手を払いのけることが出来ず、この三千世界で誰が死神の追求から逃れることができようか、と続く。このインド産の沙羅樹はフタバガキ科の常緑樹で樹高30ｍに達する。

日本でいうナツツバキ（シャラノキ）はツバキ科の落葉高木であり別物。シャラノキの他にシャラツバキの別名がある。ナツツバキは樹皮が剥げ落ち易い。葉は互生し、楕円形で先端尖り縁には弱い鋸歯がある。夏に葉腋に柄のある大きな白花をつける。花弁は5個で、縁に細かい鋸歯があり、裏面に白い絹毛がある。花弁基部で互いに合着する。萼片は5個あり、花が終わると中央に集まるようにして花弁を押し出して落とす。さく果は卵形で5個の果片に裂開する。和名は夏椿の意味で夏に椿のような花を咲かせることから名付けられた。日本全国に分布し、福島県からは甲子山他1ヶ所、中通り地方からは白河市関山ほか6ヶ所、浜通り地方からは双葉郡川内村他2ヶ所が記録されている。しかし、普通に見られる樹ではなく、『福島県植物誌』では分布度は「やや稀」と記されている。シャラノキの名から仏樹として尊重され、寺に植えられている他、一般家庭の庭木としても植えられる。また、茶花としても利用される。

いわき市好間町上好間のナツツバキ

ナツメ

玉箒（たまばはき）　苅来（かりこ）鎌（かま）麻呂　むろの樹（き）と
棗（なつめ）が本（もと）と　かき掃かむため

長忌寸意吉麻呂（ながのいみきおきまろ）（巻十六―三八三〇）

この歌はコウヤボウキのところで取り上げた歌と同じである。「玉箒」はコウヤボウキで作った箒のこと。「むろの樹」はネズミサシの別名。「棗」はナツメのこと。分類学的にも、生活用途としても全く関係のない玉箒、鎌、むろの樹、棗の4つのものを読んで一首にした戯笑歌である。意吉麻呂は十四首の歌を残しているが、そのうち八首が戯笑歌で、残りは旅に関する歌である。

ネズミサシはヒノキ科の常緑低木。各地に多数自生している。いわき市高久の通称千五穴にも自生していた。しかし、盆栽ブームの時乱獲され個体数を減らしている。

ナツメの原産地はペルシャからインド北西部で、古い時代に中国を経て日本に伝来した。ナツメは樹高約10mの落葉亜高木で、六月ころ淡黄色の5弁花をつけ、果実は秋に熟し食用になる。語源は芽出しの時期が初夏であることから名付けられた。温暖な気候を好むが、青森県まで栽培されている。樹形は整いにくく、四方八方に枝を伸ばす。九～十月ころ熟する。種子が多い為食べる部分は少ないが、リンゴのような風味があり、ドライフルーツとしてお菓子や料理に用いられる。

歌意は「高野箒を早く鎌で刈って持ってきてくれ、鎌麻呂さんよ。ネズミサシとナツメの木の下を掃除する為に」という意味である。

いわき市好間町中好間の阿倍トシ子氏栽培のナツメ

ナンバンギセル

道の辺(へ)の　尾花がしたの　思ひ草
　今さらさらに　何をか思はむ

作者不詳（巻十―二二七〇）

「尾花」はススキ、「思ひ草」はナンバンギセル説が定着しているが、リンドウ、ツユクサ、オミナエシ、シオンなど多くの説があり議論されている。「今さらさらに何をか思はむ」はいまさら何を思い迷おうかの意。「道端のススキの根元に生えているナンバンギセルは物思いにふけっているようだが、わたしは今さら何を思い嘆きましょうか」と詠っている。

ナンバンギセルはミョウガやサトウキビにも寄生するが、多くはススキに寄生する一年生草本。植物体は葉緑素を欠き、光合成を行わず、他の植物に寄生して生活する。七～九月に長さ15～30㎝の花茎を数本だし、その先端に横向きの花を1個つける。その咲き方が何か物思いにふける様を思わせる。その形から思い草はナンバンギセルであろうとされている。花冠裂片の縁が鋸歯状になる種があり、オオナンバンギセルとして区別される。キキョウ説もあるが、キキョウの花の咲き方は物思う姿には見えない。ナンバンギセルとするのが適当と思う。野草愛好家は矮性化したススキの根元に種子を蒔いて育てている。

いわき市好間町工業団地のナンバンギセル

ニラ

伎波都久（きはつく）の 岡のくくみら われ摘めど
籠（こ）にも満たなふ 背なと摘まさね

東歌（巻十四―三四四四）

「伎波都久」の場所は不明。常盤国との説もある。「くくみら」は茎韮のことで茎の立った韮の意味。「みら」はニラの古名。美味の意があるという。「摘まさね」のさは尊敬の助動詞。お摘みなさいと丁寧にいっている。この歌は伎波都久の岡でニラを摘んでいる里の二人の女性の会話を歌にしたもの。一人の女性が「私がニラを摘んでも摘んでもなかなか籠にいっぱいになりません」といったのに対し、もう一人の女性が「それならご主人と一緒に摘みなさいよ」といっている。

ニラはセリ、ミツバなどと同じ日本古来の野菜で、現在まであまり改良の手が加えられていない。ニラは本州から九州までの山地に自生するが、現在は多くはハウスで日光を抑えながら軟らかく栽培したものが売られている。この歌の場合は野生のニラを摘んでいるものと思われる。四月から収穫期に入る。最近栽培品が逃げ出し、道路の端などに野生化している。野生のものは強い日光の元で生育している為葉が硬い。ニラの別名を二文字という。これはネギが昔「キ」（葱）と呼ばれ一文字なのに対しニラが二文字なのでこの名がある。

いわき市渡辺町中釜戸路傍のニラ

ニワトコ

君が行き日長くなりぬ やまたづの
迎へを行かむ 待つには待たじ

衣通王（巻二—九〇）

この歌は軽太子が同母妹の軽太郎女（衣通王）と不義（近親相姦）をおかし、太子は伊予の道後温泉に流された。この時、軽太郎女は恋しさのあまり、軽太子を追って伊予に向かう時に詠んだ歌。歌意は「あなたの旅はもう随分長くなり、多くの日々が経ってしまいました。お迎えに行こうと思う、もう待っていることは出来ない」の意。「やまたづ」はニワトコの古名で「迎へ」の枕詞。

ニワトコは浜通り地方から会津地方まで山の林縁や路傍に生育する落葉低木。高さ3～5ｍになり、葉は対生し、3～5対の奇数羽状複葉。四月ころに円錐状の花序をつけ白い花を多数つける。果実は球形で赤く熟する。茎の髄が太く柔らかいので、昔、学校の顕微鏡実習の時、ピスと称し切片を作るのに用いた。漢方では下剤として利用する。若葉を天ぷらにすると美味しいが、3個程度でやめたほうが良い。5個以上食べると激しい下痢をする。本種の変種にエゾニワトコがあり、耶麻郡猪苗代と燧ヶ岳からの記録がある。

いわき市湯ノ岳のニワトコ

ヌルデ

足柄の　吾をかけ山の　かづの木の
吾をかづさねも　かづさかずとも

東歌（巻十四―三四三二）

「足柄」は原文では阿之賀利となっていて、足柄のなまった言葉。場所は神奈川県と静岡県の境にある山。「吾をかけ山」はかけ山に「わを」をつけたもので、私を心にかけてくれるかけ山の意。「かづの木」は相模地方でヌルデをかづの木という方言があり、ヌルデ説が有力。「かづす」は誘惑する、誘い出す、かどわすの意味があり「吾をかづさかずとも」は私を連れ出すことが難しかろうともの意。歌意は「足柄山の私を心にかけてくれるという名をもつかけ山の、そのかづの木のかづという言葉のように私をかどわかし連れ出してくれないかなあ、たとえ連れ出すのが難しかろうとも」の意。「かづの木」、「かづさねも」、「かづさかず」と同音の繰り返しがなされ、遊戯的要素の多い歌となっている。

　ヌルデは全国的に普通に分布するウルシ科の落葉小高木である。葉は枝先に互生し、奇数羽状複葉でウルシの葉によく似る。葉軸に翼をもつことでウルシと区別できる。ウルシはウルシオールという成分を持ち、触れるとかぶれるが、ヌルデは触ってもかぶれない。夏に枝先に円錐花序をつける。秋に葉が美しく紅葉する。ヌルデモミジとも呼ばれる。

いわき市閼伽井嶽のヌルデ

ネコヤナギ

あられ降り　遠江(とほつあふみ)の吾跡川楊(かわやなぎ)
刈れども　またも生ふとふ吾跡川楊

柿本人麻呂歌集（七―一二九三）

「あられ降り」は遠見の枕詞。あられが板屋根にとほとほと降ることから遠見にかかる。遠見は都から遠い淡海ということで、浜名湖を指す。吾跡川は所在不明。一説に滋賀県高島市安曇川地帯を指すと解する説がある。川楊は一般にはネコヤナギのこと。カワヤナギは水辺を好み、川岸などに生えることからいう。ネコヤナギは花穂をネコの尻尾にみたてたもの。一般にはネコヤナギと呼ばれることが多い。歌意は「遠見の国の吾跡川のネコヤナギは、刈ってもまた生えるという生長と再生力の強さのように、恋ごころがしきりに湧いて止められない」というもの。

ネコヤナギは生命力が強く、枝を切って水に挿しておくと、切り口から新根が生えてくる。早春、急激に花穂を膨らませて開花する。柳は古くから生活に利用され、正月の雑煮箸や小正月に枝の先に餅をつけて飾る餅花として用いられる。

分類学的にはカワヤナギとネコヤナギは区別され、平凡社の『日本の野生植物木本１』では、カワヤナギの花糸の下部に毛があり、成葉は互生し、枝先の若葉には毛が密生するとし、ネコヤナギの花糸は無毛で成葉ははじめ両面絹毛をしくが、表面はのちに無毛となる、としている。

いわき市竜神峡のネコヤナギ（伊東善政氏撮影）

ネズ・ハイネズ

吾妹子が 見し鞆の浦の むろの木は
常世にあれど 見し人ぞなき

大伴旅人（巻三―四四六）

鞆の浦（現在の広島県福山市）は瀬戸内海の山陽海岸の中程で、潮の干満の差が大きい所として知られる。大伴旅人は神亀五年（７２８）に太宰府長官として鞆の浦を通り筑紫に下った。その後間もなく妻も筑紫に下ったが、同年四月に妻は亡くなった。歌意は「かつて見たこの鞆の浦のむろの木は、昔に変わらず磯の上にあるが、これを見た妻はもうこの世に居ないのだ」と旅人が嘆いている。鞆の浦の岸壁は現在コンクリートで固められてしまった。しかし、むろの木は近くの市役所の支所に植えられているという。むろの木は万葉表記では室乃樹、牟漏能木などと表記されている。むろの木はネズやハイネズの古名である。ネズは山地丘陵地帯や浅山に自生する常緑低木。ハイネズは海岸地帯に生え、匍匐する。どちらの可能性もあるが、万葉集解説書では、万葉集で詠われているむろの木はハイネズであるとしている。市役所の支所に植えられている樹を確かめる必要があるが、海岸に生えていたとすればハイネズであろう。四月に目立たない花をつけ、果実は球形である。

相馬市松川浦のハイネズ

ネムノキ

昼は咲き 夜は恋ひ寝（ぬ）る 合歓木（ねぶ）の花
君のみ見めや 戯奴（わけ）さへに見よ

紀女郎（きのいらつめ）（巻八―一四六一）

紀女郎が大伴家持に贈った歌。君は普通主君を指すが、ここでは戯れて自分のことをいい、相手を戯奴（しもべ）としている。歌意は「昼は咲き、夜は葉をとじ恋したって寝る。これがネムの花です。私だけが見てよいものでしょうか。あなたも見て下さい」の意味。

ネムノキはマメ科の植物で本州から沖縄まで広く分布する落葉樹。日当たりの良い場所に生育するが、栽培もされる。夏に紅色の花を多数つける。小葉が夜間に閉じることからネムノキの名があり、夜合樹ともいわれる。ネムノキのネムは小葉が睡眠すると見立てた為。秋に長さ12cmほどの豆果をつけ、平らな種子を数個入れる。紀女郎は名を小鹿といった。家持より10歳も年上であったようだ。安貴王の妻となったが、後に別れている。家持は紀女郎に強く惹かれていたようだ。

福島県では浜通り地方から中通り地方に多く、会津地方では猪苗代湖周辺などに限られる。樹皮は睡眠、精神安定剤として用いられる。薬効についてはよく分からない。葉が睡眠運動をするので、不眠に効くと思われたものか。

いわき市好間町上好間のネムノキ

ノイバラ

道のへの うまらのうれに 這ほ豆の
からまる君を はかれか行かむ

天羽郡の上丁丈部鳥（巻二十―四三五二）

この歌は上総国の天羽郡（現在の千葉県君津郡の南部）の若者が防人として九州筑紫に赴く時に詠った歌である。「茨」は多くの解説書ではノイバラとされている。よく似た種にテリハノイバラがある。両者はよく似ており、万葉人は区別していなかったと思われる。ノイバラの葉は光沢がなく、花の花柱は無毛であるのに対し、テリハノイバラは葉に光沢があり花柱は有毛であるので区別できる。千葉県には両種が普通に分布している。両者をノイバラとまとめていたと思われる。「這ほ豆」はヤブマメかツルマメであろう。両種とも山野にごく普通に生育し、低木にからみついて生育する。「君」を妻や女性とすると、「からまる君」の行為から不自然である。君を自分が仕える主人の若君とすると、からまる君が子供らしい行動といえる。歌意は「道端のノイバラの枝先に絡みついているヤブマメやツルマメのように、私の体にからみついて離れない主人の若君を残して、私は防人として別れて行くのであろうか、辛いことである」の意味。

茨城県の茨は、茨の生えている地域からつけられたとする説と、朝廷から派遣された大臣一族の黒坂命が悪賊から守る為に茨で城を固めたからとの説がある。

いわき市三和町下永井のノイバラ

ノキシノブ

我がやどは 甍（いらか）しだ草 生ひたれど
恋忘れ草 見るにいまだ生（お）ひず

柿本人麻呂歌集（巻十一―二四七五）

「甍」は屋根のこと。萱葺、板葺、瓦葺のいずれも甍と呼ぶ。「しだ草」はノキシノブ。歌意は「私の家の屋根には、しだ草は生えているが、苦しい恋を忘れさせる忘れ草はまだ生えていない。私は抑えても抑えきれない恋に悩んでいます」というもの。昔萱葺き屋根があったころ、屋根の上部にノカンゾウやヤブカンゾウを植えた。懐かしい風景である。一緒にノキシノブ、クサソテツやシノブなども植えられていた。ノキシノブは常緑のシダで、岩、樹幹に着生する。ウラボシ科のシダ類。ウラボシの意味は、葉の裏に胞子嚢群が目のように対をなして並んでいることからで、この為ヤツメランの別名もある。現在は萱屋根はほとんど無くなっているので、屋根に生えているものを見ることは出来ない。山地の岩上や樹幹を探すと見つけることができる。

福島県にはノキシノブ、ナガオノキシノブ、ミヤマノキシノブ、ヒメノキシノブの4種類が記録されている。ナガオノキシノブは会津地方に稀産し、ミヤマノキシノブは中通り地方と会津地方から記録されている。ヒメノキシノブは浜通り地方と中通り地方にやや普通に見られる。これらの種類の分布から考えると、人麻呂歌集に詠われた「しだ草」はノキシノブであろう。

いわき市三和町のノキシノブ

いわき市三和町のヒメノキシノブ

のぎく（総称）

父母が　殿のしりへの　ももよ草
百代出でませ　わが来たるまで

生玉部足国（巻二十―四三二六）

「殿のしりへ」は住まいの家の裏のこと。殿は宮殿のことであるが、ここでは父母を慕う親しみの情が感じられる。殿はその住居を美化していったもの。「百代」は百歳までの意。「ももよ草」は現在の和名の何にあたるかは定説がない。ここでは野菊の総称と解釈する。作者の生玉部足国は遠江国佐野郡の防人であるが、詳細な人物像についてはよく分かっていない。歌は「父母のお住まいの裏に咲いているもも代草のもも代のように、私が帰って来るまで百歳までも元気

いわき市三和町芝山のノコンギク

でいて下さい」と詠っている。

この歌の「ももよ草」については、マツ説、ツユクサ説、ヨモギ説、ノジギク説など多くの見解がある。マツ説については、父母の長寿を願うのにはぴったりであるが、万葉集で浜松（巻一―三四、巻二十―四四五七）、千代松（巻六―九九〇）、待つの木（巻九―一七九五）など表現されており、「ももよ草」とは詠まれていない。ツユクサは一年生草本で冬は枯れてしまう。百代には合わない。菊の古名に河原艾、勝草、秋蕊、長月草、移花その他多くの別名がある中に、百夜草の名がある。父母の家の後ろの草原または山麓に咲いている野菊の仲間と考えたい。栽培種ではないだろう。ノジギク、シロヨメナ、ノコンギク、ユウガギク、シラヤマギクなどと考えたい。

いわき市三和町新田のユウガギク

ノビル

醤酢（ひしほす）に　蒜（ひる）搗（つ）き合（か）てて　鯛（たひ）願ふ
吾（われ）にな見えそ　水葱（なぎ）の羹（あつもの）

長忌寸意吉麻呂（ながのいみきおきまろ）（巻十六―三八二九）

醤は大豆と麦で作った味噌の一種で、ペースト状の調味料である。醤の歴史は古代中国にさかのぼる。日本では縄文時代の後期遺跡から獣肉・魚・貝類などの食材が塩と自然発酵によって醤と同様の状態になった遺物が発掘されている。「しょうゆ」という言葉が出現したのは室町時代と考えられている。食物を塩に漬けて保存すると発酵してうまみが出ることを知り、試行錯誤の上醤を作るようになった。蒜はノビルの古名。水葱はミズアオイのような水中に生育し食べられる水草。歌意は「醤酢のような高価な調味料を使ってノビルを和え物にして、その上鯛が欲しいと願っている私に、なぎの吸い物のようなまずいものを見せてくれるな」というもの。

いわき市好間町中好間のノビルの花（渋川初枝氏撮影）

コナギやミズアオイは昔食材として採取され、栽培もされていた。水田雑草の一つであったが、現在除草剤が散布されることにより、田んぼから姿を消しつつあるが、コナギはまだ健在である。なお和名のナギはイヌマキ科の常緑高木で、奈良公園には多数のナギの林があり、いわき市小川町上平の熊野神社跡に植えられているナギはいわき市の天然記念物に指定されている。ノビルは各地の山野に普通に生育するユリ科の多年草。地下にほぼ球形の鱗茎をもち、初夏のころ茎の先端に散形花序をつけ、白色から淡紅色の花をつける。花にムカゴを着けて繁殖し、また地下の球根は食用にする。昔第二次世界大戦中食糧難のころ、鱗茎を掘り味噌をつけて食べた。天ぷらや炒め物としても食べる。

相馬市宇田川土手のノビル（伊賀和子氏撮影）

バイカモ

川の上のいつ藻の花のいつもいつも来ませ
我が背子時じけめやも

吹芡刀自（巻四—四九一）

「川の上」は川の水面のこと。「いつ藻」は茂った藻のこと。「藻の花」はバイカモの花のことか。藻類は花をつけない。海藻類や淡水生の藻類は運動性のある配偶子をつくり、花をつけない。シャジクモ類も雌雄器をつくるが、高等植物のような花をつけない。高等植物で水中に藻のようにたなびいて花を咲かせる植物にはバイカモがある。この歌では淡水性の藻類ではなく、キンポウゲ科のバイカモを指していると思われる。「時じけめやも」のやもは反語で、いつということなく、いつでも〜してほしいの意。ここではいつも来てほしいの意味。歌は「川の水面に咲いているいつ藻（バイカモ）の花のように、いつもいつも来て下さい。いつが悪いということはありませんよ」と詠っている。

バイカモは水中に群生し、流れにそって下流に向かってなびく多年草である。茎はまばらに分枝し、葉は互生し3〜4回細かく裂け、最終裂片は糸状になる。夏に茎の節から長い柄をだし、梅の花のような白花を咲かせる。郡山市湖南のバイカモ群生地は有名、いわき市田人町荷路夫にも群生地がある。福島市幕川温泉に行く途中のブナ林の中を流れる小川にも群生している。最近では河川改修の為、自生地が減少している。県の絶滅危惧Ⅱ類に選定されている。

いわき市田人町貝泊のバイカモ

バイモ・コバイモ

時時の 花は咲けども 何すれそ
母とふ花の 咲き出来（でこ）ずけむ

丈部真麻呂（はせべのままろ）（巻二十—四三二三）

「時時」は四季の変化に応じての意。「母とふ花」の母は人間の母を指しているとする考えに対し、植物のバイモとする説がある。「咲き出来ずけむ」は咲きださないのだろうかの意。作者については「右の一首防人（さきもり）山名郡の丈部真麻呂」とある。山名郡は現在の静岡県の西部一帯の地。山名郡出身の防人の歌である。歌は「四季それぞれにときに応じて花は咲くけれど、どうして母という花が咲いてこないのでしょう」の意。

バイモは中国原産のユリ科の多年草。古い時代に中国から渡来したものである。日本に自生はなく、野草愛好家の間で栽培されている。地下に鱗茎をもち、茎は直立して草丈約50cmになる。葉は多数で葉柄がなく3～4個が輪生する。広線形で先端尖り、やや反り返る。上部の葉はかぎ形に曲がっている。三～四月に茎の先端付近の葉腋に淡黄緑の鐘形花を1個ずつうつむき加減につける。花被片は6枚で楕円形、外面は緑の条があり、内面には紫色の網目状の紋様がある。別名アミガサユリの名はこの網目状の紋様からきている。河沼郡柳津町の県道252号線沿いの林縁に栽培品から野生化したバイモを見たことがある。『福島県植物誌』には河沼郡会津坂下町と南会津郡下郷町から記録があるが、どちらも逸出とされている。福島県にはバイモの仲間でコシノコバイモが大沼郡金山町と南会津郡只見町から記録されている。この種は山形県から石川県の日本海側に分布する種で、静岡県には産しない。山名郡出身の防人（さきもり）の歌ならば、バイモかコバイモであろう。コバイモは上方の葉がバイモのように巻きひげ状にならない。コバイモは本州中部以南に分布する種なので、自生の種ならコバイモであった可能性が高い。

会津坂下町の野生状態のバイモ

いわき市内郷高坂町 渡邉紘氏栽培のコバイモ

はぎ（総称）

君が家に　植ゑたる萩の　初花を
　　折りてかざさな　旅別るどち

久米広縄（くめのひろつな）（巻十九―四二五二）

この歌は越中に戻る途中の久米広縄が、任を終え都に帰る途中の大伴家持と越前国掾（じょう）大伴池主（いけぬし）の公館で出会った時に歌ったもの。大伴池主の館にある庭の萩を見て広縄が「あなたの家に植えてある萩の初花を折って髪にさそう、旅の途中で別れる私たちは」と詠い、互いの健康を祝して別れる歌である。これに対し、家持も「立ちてゐて　待てど待ちかね　出でて来し　君にここに逢ひ　かざしつる萩」と詠んでいる。

ハギの種類は多く、阿武隈山地からはハギの仲間でヤマハギ、キハギ、マルバハギ、ツクシハギ、ケハギ、ネコハギ、イヌハギ、マキエハギ、ハイメドハギなどが記録されている。この内もっとも普通に見られるハギはマルバハギとヤマハギである。マルバハギは葉の下面に伏した毛があり、総状花序は葉からあまり突き出ない。ヤマハギは葉下面に短微毛があり、総状花序は葉の高さより長く突き出る。ハギは万葉集で最も多く一四二首詠まれている。ウメ（一一九首）、サクラ（四十七首）よりも多い。万葉人の自然観が理解できる。鹿とともに詠われた歌は二十二首あり、雁と萩を詠んだ歌は六首、萩と露を詠んだ歌は四首ある。

◎鹿とともに詠われた歌

秋芽子（はぎ）の　咲きたる野辺の　左牡鹿（さをしか）は
　　散らまく惜しみ　鳴きゆくものを

作者不詳（巻十―二一五五）

鹿を詠った歌のうち十六首は「左牡鹿、棹牡鹿、棹四鹿、竿志鹿、左男雄鹿」と表記されている。歌は「萩の咲いている野にいる鹿が、萩の花が散るのを惜しんで鳴いていることよ」の意。牡鹿が雌鹿を求め、呼んでいる。

◎雁とともに詠われた歌

雲の上に　鳴きつる雁の　寒きなへ
　　萩の下葉は　もみちぬるかも

作者不詳（巻八―一五七五）

「寒きなへ」は寒く感じる時にはの意。「もみちぬるかも」はすっかり紅葉してしまうであろうかの意味。歌は「雲の上を鳴きわたる雁が寒く感じる時には、萩の葉はすっかり紅葉してしまっているのだろうか」というもの。

秋萩は 雁に逢はじと 言へればか
声を聞きては 花に散りぬる
作者不詳（巻十―二一二六）

「雁に逢はじ」は雁は彼岸に来、彼岸に帰る。「言へればか」は「声を聞きては花に散りぬる」の原因を推測する表現。歌は「秋萩は雁に逢うまいといったせいか、声を聞いては花が散ってしまった」の意。

◎女性的なまたは女性そのものとした萩

ゆくりなく 今も見が欲し 秋萩の
しなひにあるらむ 妹が姿を
作者不詳（巻十―二二八四）

「ゆくりなく」は思いがけずとか、にわかにの意。「見が欲し」は見ることが願わしいの意。歌意は「だしぬけに今にも見たい。秋萩のようにしなやかだろうあの娘の姿を」というもの。

ますらをの 心はなくて 秋萩の
恋のみにやも なづみてありなむ
作者不詳（巻十―二一二二）

「ますらをの」は心身堅固な男子を褒めていう。「秋萩の恋」は秋萩に対する恋慕の情、萩を称える心。「なづみて」は余計なことにかかずらって、他のことがはかどらないことをいう。歌意は「強くあるべき男子の心は失せて、秋萩の恋しさにばかり沈んでいてよいものか」と詠っている。この萩は植物の萩というより、愛しい恋人を指している。

◎萩と露を詠んだ歌

妻恋ひに 鹿鳴く山辺の 秋萩は
露霜寒み 盛り過ぎゆく
石川広成（巻八―一六〇〇）

「露霜寒み」は露の寒々とした感じを表している。歌は「妻に恋して鹿が鳴いている山辺の秋萩は、露霜が冷たいので盛りが過ぎてゆく」の意。

秋の野に　咲ける秋萩　秋風に
なびける上に　秋の露置けり

大伴家持（巻八―一五九七）

秋という語を四回用いて、遊戯的に萩の上に霜が降りている情景を詠んだもの。歌は「秋の野に咲いている秋萩が秋風になびいている上に秋の露が降りている」という意味。

朝戸開けて　物思ふ時に　白露の
置ける秋萩　見えつつもとな

文忌寸馬養（あやのいみきうまかい）（巻八―一五七九）

「もとな」はわけもなくの意。歌意は「朝雨戸を開けて物思いに沈んでいると、白露が降りている萩が目につき、何ともやるせない思いがする」というもの。物を思い落ち込んだ気持ちと、白露が降り寒々とした情景とを重ねている。

いわき市平石森山のマルバハギ

秋萩の　枝もとををに　露霜置き
寒くも時は　なりにけるかも

作者不詳（巻十―二一七〇）

「秋萩の枝もたわむばかりに、露を置いて、寒い時節となってきたことだ」と詠っている。

いわき市万太郎山のツクシハギ

いわき市閼伽井嶽のヤマハギ

ハコネシダ

足柄の 箱根の嶺ろの 爾古具佐の
花つ妻なれや 紐解かず寝む

東歌（巻十四―三三七〇）

「爾古具佐」が何であるかについては、昔からいろんな解釈があり定説がない。ハコネシダ説はいくつかある解釈の中の一つである。万葉表記では爾古具佐、似児草、爾故具佐、和草などと表記されている。巻十一―二七六二の「葦垣の中の似児草」の表現ではハコネシダは葦垣の中には生えない。巻十六―三八七四では「川辺の和草」や巻二十―四三〇九の「秋風になびく川辺の爾故具佐」と詠われている植物はハコネシダとしては生態的に不合理である。万葉集では複数の植物を爾古具佐、似児草、爾故具佐、和草などと表記されていて、一種とするには無理がある。この歌の場合は、箱根の尾根に生えている爾故具佐といっているので、ハコネシダと考えてもよいと思う。歌意は「足柄の箱根山の嶺に生きているようなあなたは、触れてはいけない妻なのですか、そうでもないのにどうして紐も解かずに寝ましょうか」といっている。

ハコネシダはホウライシダ科の常緑性のシダ。根茎は匍匐するか斜上し、密に鱗片をつける。葉身は三角状卵形、3回羽状に分枝する。中軸は細く、赤褐色。小葉は質硬く、倒三角状卵形。江戸中期に来日したKaempfer(ケンフェル)が箱根で採集し紹介したことからこの名がある。Kaempfer はハコネシダを産前産後の特効薬として紹介した。

いわき市平石森山のハコネシダ

ハス

勝間田の　池はわれ知る　はちす無し
しか言う君が　髭無きごとし

婦人（巻十六―三八三五）

この歌の題詞には「新田部親王にたてまつる歌」とある。歌意は「勝間田の池は私がよく知っている池だが、そこには蓮はありません。ちょうど、そのようにおっしゃられるあなたに髭が無いように」というものである。勝間田の池は現在なく、どこにあったか不明。唐招提寺がその池の跡だったという説もある。この歌の解釈は、池にはハスが沢山あり、新田部親王にも大髭があったのを反語表現した戯歌とする解釈と、歌の通り池にハスは無く、親王にも髭が無かったという説とがある。

昭和二六年（１９５１）に大賀一郎博士により千葉県の約二千年前の地層から発掘された種子が開花し、大賀ハスとして各地で栽培されている。現在栽培されているハスはインド起源で中国から伝わったもの。栽培ハスの移入で最も古い記録は承和十四年（８４７）に慈覚大師により唐から蓮根を持ち帰り、奈良の当麻寺に植えたというものである。ハスの種子の寿命は長く、大賀ハスの種子は種皮が炭化していたという。大賀博士は炭化した種皮を削って発芽させたらしい。最近大賀ハスとして栽培されているものはインド産のハスとの交雑が進み、純粋なものが少ないといわれる。いわき市のハスの名所は内郷白水阿弥陀堂の池である。ハスはハチ巣の略で果実の入った花托の形からきている。最近なぜか阿弥陀堂のハスが消えた。原因はよく分からないが、放たれたミドリガメが食べたのではないかともいわれる。

いわき市内郷白水阿弥陀堂のハス

はなかつみ

をみなへし 佐紀沢に生ふる 花かつみ
かつても知らぬ 恋もするかも

中臣女郎（いらつめ）（巻四—六七五）

「をみなへし」は佐紀沢にかかる枕詞。佐紀沢は奈良平城宮跡の周辺の湿地かといわれる。歌意は「私は未だ経験したことのない恋をしています」というもの。この歌は中臣女郎が大伴家持に贈った五首の中の一首である。花かつみについては、マコモ、ハナショウブ、ノハナショウブ、デンジソウ、ヒメシャガなど諸説がある。古今集にも「みちのくのあさかの沼の 花かつみ かつ見る人に 恋ひやわたらん」の歌があり、花かつみは水生植物ではないかと思われマコモ説が有力といわれている。その説を裏付ける話として、平安時代に藤原実方という歌人が陸奥に流されてきた時、「五月五日にはあやめを葺くことになっている。あやめを探してほしい」と頼んだら、土地の人は「この地にはあやめはない」と答えたので、「それならあさかの沼の花かつみがあるはずだ、それを葺いてほしい」といったら菰を葺いてくれた、という話から花かつみはマコモであるとする説が有力であった。しかし、恋の花とすればマコモは不適当に思う。芭蕉も奥の細道の中で、「いずれの草を花かつみとはいふぞ、と人々に尋ね侍れども。さらに知る人なし」と記している。実態不明の種であるが、郡山市では花かつみはヒメシャガであるとし、市の花に選定している。「あさかの沼の花かつみ」と詠まれているが、水中の植物ではなく、沼周辺の丘に生えている植物と解しヒメシャガとしたものであろう。「吾妻山の五色沼に行って来た」といっても沼に入ってきたわけではなく、沼周辺を歩いてきたのである。佐紀沢やあさかの沼周辺に生育している花と考えれば、ヒメシャガと考えてもよいと思う。

ヒメシャガはアヤメ科の多年草。五～六月に淡い紫色の花を咲かせる。内花被、外花被ともに3枚で、中央は白色であるが、紫色の脈があり、先端凹頭となる。『福島県植物誌』では浜通り地方から2ヶ所、会津地方から数ヶ所の産地が記録されている。

いわき市四倉町のヒメシャガ

はねず（総称）

思はじと 言ひてしものを はねず色の
移ろひ易き 吾（わ）が心かも

大伴坂上郎女（巻四―六五七）

歌意は「もう思うまいと思ったのに、またしても恋しくなってきた。何と変わり易いわが心よ」と一度諦めても諦めきれない女心を詠ったもの。この歌の「はねず」は何にあたるのかについては多くの説がある。ニワウメ説、ザクロ説、ツユクサ説、モクレン説、フヨウ説などである。万葉集の中で「はねず」が詠われている歌は四首あり、その中の三首が移ろい易いものとして詠われている。

午前の酔芙蓉の花
（いわき市植田町の長瀬美智子氏栽培）

はねず色の 移ろひ易き 心あれば
年をぞ来経（きふ）る 言（こと）は絶えずて

作者不詳（巻十二―三〇七四）

「心変わりし易い心があの人にあるので、このまま便りだけは絶やさずに年を過ごしている」と移り気で実のない相手の心を詠んだ歌である。

このように、「はねず」は心変わりしやすいものとして詠われている。白井光太郎は「はねず」はニワウメであると結論づけ、ニワウメ説が定説になっているが、万葉植物研究家で華道家でもある片岡寧豊氏は著書『万葉の花』のなかでフヨウ説を提唱している。フヨウの品種の酔芙蓉の花は、咲き始めは白色で、午後になると桃色になり、夕方萎むころになると紅色に変化する。ニワウメ、モクレン、ザクロはこのような明瞭な花色の変化を見せない。変わり易い心を表すのに、フヨウ(品種の酔芙蓉)がもっともふさわしい。片岡氏のフヨウ説を支持したい。

午後の酔芙蓉の花

「はねず」とされた植物

いわき市小川町のモクレン

いわき市好間町のツユクサ

いわき市小名浜のザクロ（小松朝子氏撮影）

ハマユウ（ハマオモト）

み熊野の　浦の浜木綿　百重なす
心は思へど　ただに逢はぬかも

柿本朝臣人麻呂（巻四―四九六）

この歌は柿本朝臣人麻呂の歌四首の中の一首である。「み熊野」の「み」は接頭語。「熊野の浜」は現在の西牟婁・東牟婁あたりの海岸といわれる。「百重なす」は百重のようにということで、葉が幾重にも重なっている様をいい、花のことではない。歌意は「熊野灘の海岸に生えているハマユウのように、幾重にも繰り返しあの人のことを思うが、いくら思っても、あの人には直に逢うことが出来ない」というもの。直接逢うことが出来ないもどかしさに耐えられない、と強い恋心が詠われている。

ハマユウは日当たりの良い海岸砂浜に生え、花を咲かせる。自分の熱烈な恋心を灼熱の砂浜に生えるハマユウと重ねている。ハマユウはヒガンバナ科の常緑多年草。関東南部以西に分布し、福島県に自生はない。しかし、浜通り地方の最寒月の平均温度が2℃以上の地域で栽培されている。茎に見えるのは円柱状の偽茎で草丈50㎝程度まで生長する。偽茎の下部から多数の葉を開出する。葉は帯状で幅4～10㎝、長さ30㎝になり全縁で先端尖る。肉質で表面光沢がある。夏に花軸を伸ばし先端に10個程度の白花を散形花序につける。花は良い香りがする。花被片は6個で細長く、幅4㎜くらい、先は尖り、基部は互いに合着する。さく果は球状で熟すると砂上に落ちる。乾燥に耐え、湿気があると発芽する。別名ハマオモト。

ハマユウ（宮古島で撮影）

ヒオウギ

居明かして　君をば待たむ　ぬばたまの
わが黒髪に　霜は降るとも

磐姫の皇后（巻二―八九）

この歌は皇后が夫仁徳天皇を思っての歌。「居明かして」は夜が明けるまで。「ぬばたま」はヒオウギの実のこと。果実が黒いことから黒や夜などの枕詞として用いられている。歌は「このまま夜が明けるまで、わが君をお待ちしましょう。たとえわたしの黒髪に霜が降りかかろうとも」の意。磐姫の皇后は情熱的な歌人として有名。

ヒオウギは本州から沖縄までの山地の草原や岩場に生える多年草。草丈50～100㎝になり栽培もされる。葉は平な広い剣状で、多数の平行脈がある。茎は緑色で下半は2列に並び扇形の葉をつけ（名の由来）、上半は花序になる。夏に茎の上部がまばらに枝分かれし、枝先に有柄の花を数個つける。花は径5～6㎝で橙赤色、内側に暗紅色の斑点が多数ある。園芸品には花の赤いベニヒオウギや花が黄色のキヒオウギなどがある。花はその日の午後には萎む1日花である。『福島県植物誌』には中通り地方の移ヶ岳の記録があるが、これは栽培品からの逸出か。矮性の品種にはダルマヒオウギがある。

いわき市小名浜遠藤紘子氏栽培のヒオウギ

ヒカゲノカズラ

あしひきの　山かづらかげ　ましばにも
得がたきかげを　置きや枯らさむ

作者不詳（巻十四―三五七三）

「あしひきの」は山かづらかげにかかる枕詞。「山かづらかげ」はヒカゲノカズラのこと。「ましばにも」はめったにの意味。ここではめったに手に入らない得難い女性を意味している。歌意は「ヒカゲノカズラのようにめったに手に入らない女性を、わがものにしないでそのまま枯らしてしまうことだろうか。いや必ず自分のものにしよう」と詠っている。

ヒカゲノカヅラは匍匐（ほふく）性のシダ類。山の斜面や崖に生育する。胞子をつける子嚢穂は側枝上に2～3個つける。枯れても緑色を失わないので、花輪や飾り物に使われる。そのほか神祀りにも用いられる。福島県会津地方では飯豊山、田代山、吾妻山など、中通り地方では福島市高湯、郡山市和尚山、浜通り地方では南相馬市小高区、いわき市大畑、常磐藤原町、矢大臣山など多数の産地が記録されているが、それ以外にも多数の産地がある。会津の雄国沼に行く途中の山道の法面一面にヒカゲノカズラが群生しているのを見たことがある。歌には「得がたきかげ」として詠まれている。京都や奈良の低地では珍しい植物なのだろうか。方言としてはキツネノタスキ、テングノタスキ、ヤマウバノタスキなどがある。

いわき市三和町芝山のヒカゲノカズラ

ヒガンバナ

道の辺の　いちしの花の　いちしろく
人皆知りぬ　我が恋妻は

柿本朝臣人麻呂集（巻十一―二四八〇）

歌は「道端のいちしの花のように、私が本当に愛している妻のことを、世間の人はみな知ってしまった」の意味。この歌の「いちし」は何にあたるかについては諸説がある。エゴノキ説、クサイチゴ説、ギシギシ説、ダイオウ説、イタドリ説などである。牧野富太郎は『アララギ』巻四十―九に「いちしろく」を白花とのみ解せず、いちじるしく目覚めるばかりの花と解し、ヒガンバナがふさわしいとしている。ヒガンバナの漢名が石蒜で、これはイシシと読める。イシシが訛ってイチシとなったのだろうとしている。山口隆俊がヒガンバナの方言を集めた中にイチシバナ、イッポンバナ、イチジバナなどイチシに近い方言があることを発表し、ヒガンバナ説が定着した。福島県ではいわき市遠野町入定、渡辺町上釜戸、瀬戸町ほか産地が多い。墓地に多いのは、毒性がある為墓地のモグラ避けに植えられたからである。

ヒガンバナは葉が出ている時には花がなく、花が咲いている時は葉が枯れている。別名マンジュシャゲは赤花を表す梵語からきているらしい。ヒガンバナは縄文時代か弥生時代に中国から救荒植物として移入されたとされている。中国には3倍体と種子で繁殖できる2倍体が分布する。日本に分布するものは全て3倍体である。中国から3倍体のものだけ持ち込まれたものであろう。鱗茎に有毒なアルカロイドを含むが、水でさらし有毒物質を取り除きデンプンを利用していたようだ。

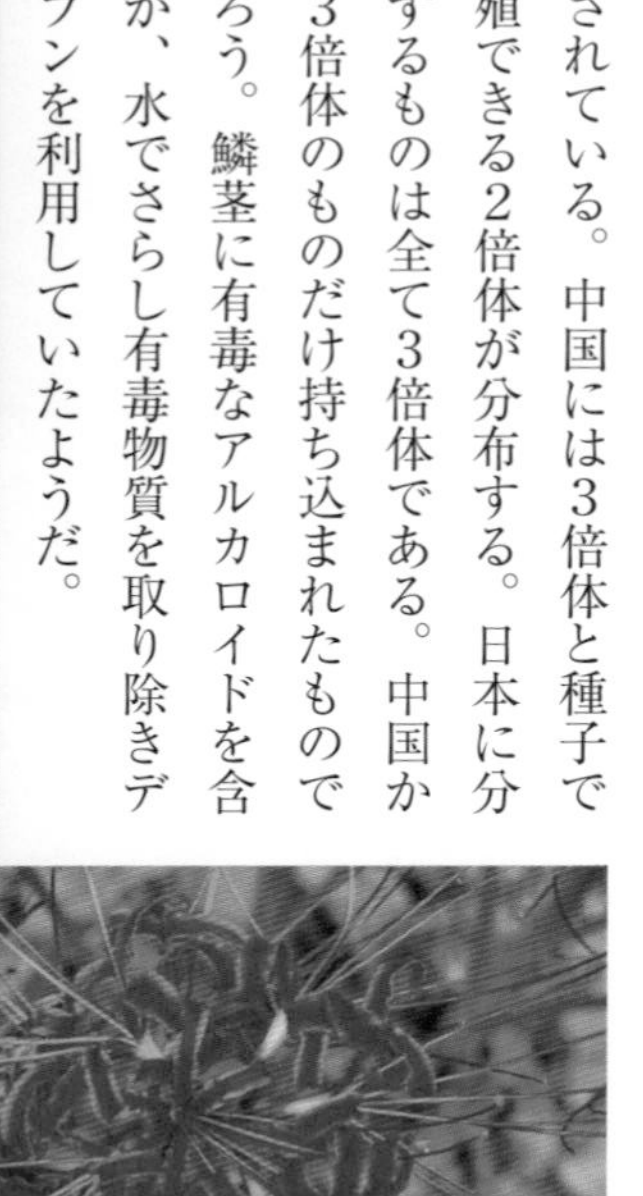

いわき市遠野町入遠野のヒガンバナ

ヒシ

君がため 浮沼の池の 菱つむと
我が染めし袖 濡れにけるかも

柿本朝臣人麻呂歌集（巻七―一二四九）

浮沼の池の所在は不明であるが、島根県大田市三瓶山の西南麓にある浮布（うきぬ）の池ではないかとの説がある。歌は「あなたの為浮沼の池のヒシを摘もうとして、私の染めた袖は濡れてしまいました」との意。あなたの為に染めた袖が濡れてしまうのを厭わずヒシを摘んだのです、と愛情をこめて詠っている。

ヒシは県内各地の池沼にやや普通に生育する一年草。根は水中のドロの中にあり、前年の実から芽を出し、茎の先端に多数の葉を放射状に出す。葉は菱型状三角形で、縁に不規則な鋸歯がある。葉下部の葉柄に近い部分は全縁である。葉表面は光沢があり、下面には隆起脈があり毛が生えている。葉柄には膨らんだ部分がある。茎の節から水中根を出す。夏に葉間から白色の4弁花をつける。その後両端にとげのある果実をつける。この実はデンプン質とタンパク質を含み食用とする。『福島県植物誌』では会津地方からは赤井谷地、裏磐梯、西会津町などの池沼から、中通り地方では郡山市、白河市関辺から浜通り地方からは南相馬市小高区や双葉郡広野町などが記録されている。いわき市平藤間の横川の淀んだところでは群生している。中通り地方と会津地方からヒメビシが記録されている。ヒシは石果のとげが2個であるが、ヒメビシは石果のとげが4個あることで区別できる。ヒシに比べて全体的に小型である。

いわき市平藤間町横川のヒシ

ヒトリシズカ・フタリシズカ

つぎねふ 山背道（やましろぢ）を 他夫（ひとづま）の 馬より行くに
己夫（おのづま）し 徒歩（かち）より行けば 見るごとに
音（ね）のみし泣かゆ そこ思ふに 心し痛し
たらちねの 母が形見と わが持てる
まそみ鏡に 蜻蛉領巾（あきづひれ） 負ひ並め持ちて
馬買へ わが背

作者不詳（巻十三―三三一四）

「つぎねふ」は山背道の枕詞になっているが、ヒトリシズカやフタリシズカの古名とする説が有力。「他夫の馬より行くに、己夫し徒歩より行けば」は「よその主人は馬で行くのに、私の夫は歩いて行く」の意。「蜻蛉領巾」はトンボの羽のように透きとおった上等な布。「負ひ並め持ちて」は代金として持って行きの意。歌意は「ヒトリシズカやフタリシズカなどが生えている山城国への道を、よその主人は馬に乗って行くが、私の夫は歩いて行く。それを見る度に声をあげて泣けてくる。それを思うと私は心が痛みます。母の形見として持っているよく澄んだ上等な鏡と、透きとおった上等な領巾を代価として馬を買いなさい、あなた」といっている。

ヒトリシズカとフタリシズカは両種とも林床に生えるセンリョウ科の多年草。ヒトリシズカの葉は4個の葉が相い接して対生しているので、一見輪生しているように見える。早春に穂状花序を1本つける。花には花被が無く、雄蕊は1個で花糸は3本に分かれ糸状となり水平に伸びる。フタリシズカは2対の葉が輪生状にならない。花穂は2～3本だし、雄蕊は短く、ヒトリシズカのように長く伸びない。

いわき市朝日山のヒトリシズカ（左）とフタリシズカ（右）

ヒノキ

鳴る神の 音のみ聞きし 巻向（まきむく）の
檜原（ひばら）の山を 今日見つるかも

柿本朝臣人麻呂歌集（巻七—一〇九二）

いわき市閼伽井嶽のヒノキ（自生）

「鳴る神の」は音の枕詞。巻向山は奈良県桜井市の北部。檜はヒノキの古名。昔、この山の周辺には檜の林があり、現在でも檜原神社周辺に残されている。歌意は「噂にだけ聞いている巻向山の見事な檜を、今日見ることができて深く感動した」というもの。ヒノキは樹高30～40ｍになる常緑高木である。材は白く、緻密で光沢があり、その上良い香気がある。その為建築材として最高級の材として珍重される。ヒノキは火の木の意味で、古代にこの木片を摩擦して火をおこした。

いわき市閼伽井嶽の旧参道にはヒノキの巨木が数本ある。樹木の専門家（林弥栄博士）の研究により、自生のヒノキとされ、森林管理局では「遺伝子保存樹」に指定し、保護している。閼伽井嶽北斜面には樹形の悪いヒノキが数本残されている。樹形が悪い為建築材として利用できずに残されたもの。昔はヒノキ林があったのではないか。閼伽井嶽が分布上の自生北限となる。いわき市川前町下桶売には「沢尻の大ヒノキ」が国の天然記念物に指定されているが、樹種はサワラである。ヒノキの葉は広卵状三角形で先端鈍頭であるのに対し、サワラの葉は三角形で先端尖る。

ヒルガオ・コヒルガオ

高円（たかまと）の 野辺のかほ花 おもかげに
見えつつ妹は 忘れかねつも

大伴家持（巻八―一六三〇）

「かほ花」がどの植物を指すのかは諸説があり定説がない。ヒルガオ説、カキツバタ説、オモダカ説、ムクゲ説など沢山の解釈がある。この歌は大伴家持が聖武天皇の行幸のお供をして、伊勢から山城への途にあって、奈良の都にいる妻に贈った歌。歌意は「高円の野辺に咲いているかお花のように、妻の顔や姿が目に浮かんできて忘れられない」の意。「野辺のかほ花」からヒルガオではないかとする考えがある。しかし、巻十―二二八八に「石橋の間々に生ひたるかほ花」という表現がある。「川を渡る為に置かれた飛び石の間に」という意味なので、水生植物と思われる。その為、オモダカ説が提唱された。オモダカは水生小型の植物だが、東歌の巻十―三五五七に「岡辺に立てるかほ花」と詠われている。「岡辺にたてる」とすると、オモダカは生態的に合致しない。ハマヒルガオ説もある。野辺を砂丘と考えればハマヒルガオ説もありかと思う。いろんな歌を読むと「かほ花」を一種とするには無理がある。ただ美しい花と解釈すべきか。

ヒルガオは阿武隈山地一帯にごく普通。葉の基部の両側が強く左右に

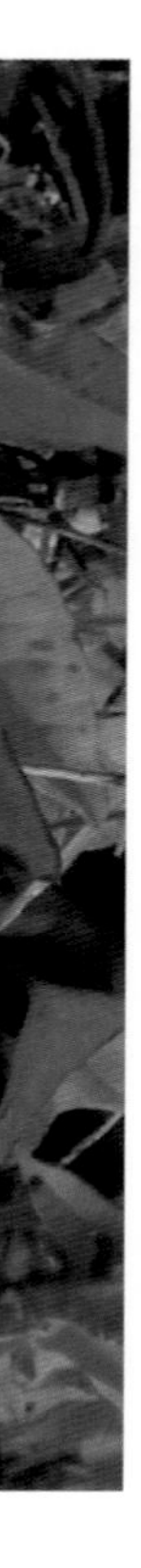
張り出す種をコヒルガオという。両種とも福島県にごく普通に見られる。

いわき市好間町上好間のヒルガオ

フジ

藤浪の　花は盛りに　なりにけり
　奈良の都を　思ほすや君

大伴四綱（よつな）（巻三―三三〇）

大伴四綱は防人司（さきもりつかさ）の次官として太宰府に赴任した。太宰府から今まで住んでいた奈良の都を思い出しながら、太宰府長官である大伴旅人に問いかける形で詠んだ歌。歌は「太宰府のフジの花は今が盛りです。あなたは栄えに栄える故郷奈良を思い出しにはなりませんか」というもの。「思ほすや君」は、「あなたは思い出しになりませんか」の意。

これに対し、旅人は故郷の都を想う心を揺り動かされ、

わが盛り　またをちめやも　ほとほとに
　奈良の都を　見ずかなりなむ

大伴旅人（巻三―三三一）

と返している。

この時、旅人は64歳。「私の人生の盛りはもう二度と戻ってこない。そして奈良の都ももう見ることが出来ないのではないか」と不安な気持ちを詠っている。フジ属では日本にヤマフジとフジの2種を産する。ヤマフジの蔓は右巻で、葉の長さは15～25㎝とフジより短い。本州近畿以南に分布する種で、福島県には産しない。フジは本州から九州までの山地に普通に生育する。茎は左巻きで、葉は長さ20～30㎝とヤマフジより長く、小葉は11～19枚あり、狭卵形である。花序は頂生し、下垂して長く伸びる。花は五月ころ咲き、藤色、紫色、ときに白色もある。旗弁はほぼ円形で先端わずか凸凹形となる。翼弁と竜骨弁はほぼ同長である。

いわき市好間町北好間のフジ

フジバカマ

萩の花　尾花葛花　なでしこが花
女郎花　また藤袴　あさがおが花

山上憶良（巻八―一五三八）

この歌は「秋の野に　咲きたる花を　指折り　かき数ふれば　七種の花」（巻八―一五三七）に続くもので七種をまとめた施頭歌である。フジバカマが詠われているのはこの歌一首だけである。『日本書紀』や『栄雅抄』にフジバカマに関する伝記が残されている。『栄雅抄』には「昔臈たけた美女が野辺をさまよって死んだ。人々はこれを憐れみ近づいてみると、その女性は藤のつるを晒して織った袴をはいており、そばに一本の草花を着けていた。村人はこの女性を偲びこの花を藤袴というようになった」という。『日本書紀』には允恭天皇の皇后がまだ姫であった時のフジバカマに関する伝記が残されている。古くから日本人に親しまれていた花である。

キク科の多年草で、多くは栽培されている。茎は多数集まって直立し、草丈1mになる。葉は対生し、下部の葉は3深裂する。中央の裂片は左右の裂片より長く、各裂片は荒い鋸歯をもつ。花は八～九月に咲き、頭花は散房花序につく。小花は紫色を帯びる。日本に昔から自生していたものか、古い時代に中国から渡来したものかよく分かっていない。北隆館の『万葉植物事典』では古い時代に中国から入り栽培されているものとし、牧野富太郎は関東平野の利根川流域や大阪平野の淀川流域の生育地は自生のものである、としている。山上憶良は遣唐使として数年中国で過ごした。帰国してから中国から渡来したフジバカマに親しみをおぼえ、秋の七草に加えたものと思われる。『古今集』には四首詠まれている。平安時代になり栽培する人が多くなってきたのだろう。フジバカマは葉など全草が良い香りを出すので、その芳香を詠んだ歌が多い。生け花などで秋の花材として用いられている。県内に、自生地はなく栽培されているものばかりである。

いわき市小川町の民家で栽培されたフジバカマ（大越章子氏撮影）

フユアオイ

梨棗（なしなつめ）　黍（きみ）に粟次ぎ　延（は）ふ葛（くず）の
後に逢はむと　葵（あふひ）花咲く

作者不詳（巻十六―三八三四）

この歌は梨、棗、黍、粟、葛、葵と食用になることでは共通しているが、特に無関係な種類を並べた一種の戯歌である。梨はリ（離）を意味し、離れていて逢えないこと。歌意は「ナシ、ナツメ、キビが実り、時がたってもあの方に逢えないが、延うツタのように日が経った後にも逢いたいと思うしるしに葵の花が咲いている」というもの。徳川家の紋所の葵はウマノスズクサ科のフタバアオイの葉を図案化したもの。この歌の葵はアオイ科のフユアオイのことで、ゼニアオイの仲間である。

フユアオイは古い時代に中国から移入されたもので、万葉時代にはすでに観賞用として栽培されていた。また葉を食用にもした。種子を冬葵子として利尿薬としても用いられた。茎は円柱状で直立し、草丈60～90㎝になる。葉は互生し、長い柄があり、掌状に浅く切れ込む。

東日本大震災後、いわき市久之浜町や小浜町の被災地に大発生したことがある。現在、被災地は土地のかさ上げが行われ住宅地となり、フユアオイは見られない。ウサギアオイに似るが、葉の切れ込みが浅く、花柄が長いこと、分果の表面の網状脈がないことで区別できる。

いわき市平下大越の民家のフユアオイ

ヘクソカズラ

ざう莢に　延ひおほとれる　くそかづら
絶ゆることなく　宮仕へせむ

高宮王（巻十六―三八五五）

この歌は巻十六―三八五五の「ざう莢」（ジャケツイバラ）のところで挙げた歌と同じである。ここでは「くそかづら」について解説する。「ざう莢」はお仕えする主人。「くそかづら」は能がなく役立たずの自分を卑下して喩えたもの。「おほとれる」は絡みついているの意味。歌意は「ジャケツイバラ又はさいかちの木に絡みついているくそかづらのように、私はいつまでもお仕えいたします」の意。三句のくそかづらまでは序となっている。

「くそかづら」は現在のヘクソカズラ。ヘクソカズラは草全体、特に実を潰すと大便そっくりの匂いがする。よくぞ名付けたものと思う。「くそかづら」で十分植物の特徴をとらえているのに、現在ではおまけに屁までをつけ、ヘクソカズラと呼んでいる。いつの時代から屁がついたのだろうか？若山牧水も「くだらぬ物思ひをばやめにせむ　何か匂ふは屁臭葛か」と詠んでいる。ヤイトバナという美しい別名があるが、一般化していない。草藪などに多い多年草で、他の植物などに左巻きに絡みつく。海岸性で葉が厚く光沢のあるものをハマサオトメカズラと呼ぶ。昔子供のころ、ヘクソカズラの実をすりつぶした汁が霜やけに効くとされ手に塗ったことがある。全国各地に生育しており、ヘクソカズラは亜高木や高茎草本の何にでも絡まる。特に刺のある「ぞう莢」を選んだのは、厳しい宮仕えを刺のある「ぞう莢」（サイカチかジャケツイバラ）を用いて表したものか。

いわき市好間町上好間のヘクソカズラ

ベニバナ

紅の裾引く道を中に置きて
妾や通はむ　君が来まさむ

作者不詳（巻十一―二六五五）

「紅の裳の裾を引いて通る道を中にして、私が通っていきましょうか、それともあなたが通って来てくださいますか」といっている。「紅の裳」はベニバナで染めた裳（女性の着物の一つ）のこと。万葉時代は男が女のところに通うだけでなく、女の方から男の家に通うこともあったようだ。昭和の半ばまでは、地方に夜這いの風習があった。これは男が女の家に通う風習であった。女が男の家に夜這いすることはなかった。万葉時代の女性は現代の女性より積極的であったのだろうか。山菅を押し伏せて契ってほしいと女が男を誘っている歌（巻十一―二四七七）もある。

ベニバナはエジプト原産の一年生ないし越年生の草本。日本には推古天皇の時代に高麗から伝えられ、山形県のほか奥州仙台、奥州福島、尾張、遠江、相模などで栽培された。明治時代に化学染料アニリンの普及により急速にベニバナ栽培は衰退した。第二次世界大戦の時には食料増産でベニバナ栽培は中断した。戦後山形県で紅花生産組合が組織され生産が拡大してきた。現在福島県では営利的に栽培している所はないが、園芸好きの人が趣味として栽培している。万葉集ではベニバナそのものよりも、ベニバナの色の鮮やかさやベニバナ染めの裳を詠っている。中国南部の呉から入ってきた染料植物という意味で「呉の藍」からきている。『延喜式』（延長五年〈９２７〉）には「紅花」として記載されている。

いわき市好間町で栽培されたベニバナ

ホオノキ

わが背子(せこ)が　捧げて持てる　ほほがしは
あたかも似るか　青き蓋(きぬがさ)

恵行(えぎょう)（巻十九―四二〇四）

恵行はこの歌の題詞には「攀(よ)ぢ折れる保宝葉を見る歌」とある。保宝葉はホオノキの葉またはホオノキの樹のこと。「蓋」は高貴な人に後からさしかける大きな傘のこと。歌は「あなたが捧げ持っているほほがしはは丁度青い蓋のようです」の意味。きぬがさは絹を張って作っている。

ホオノキは日本固有の落葉高木で、樹高20ｍに達する。材は軟らかく、版木や下駄に使われた。また昔は、武士の刀の鞘にホオノキが用いられた。朝雪の道を歩くのに下駄の歯の間が下に広がり、雪が残らないようにした下駄を足駄（高下駄）といい、ホオノキを歯にしたものを、朴歯(ほおば)下駄という。軽く履き易い。桐も用いられた。葉は大きく楕円形で長さはしばしば30㎝以上になる。五月ころ枝の先に大型の花をつける。花弁は9個で黄色味をおびた白色で午前中に花開く。ほおば味噌はホオノキの葉の上に味噌をのせて焼く飛騨高山の名物郷土料理である。晩秋に葉が落ちたのを拾い、塩水に浸し陰干しにして保存する。ホオノキの葉は厚く火に強く、食材をのせるのにちょうど良い大きさである。

古名の「ほほがしは」は食物をこの葉で包んだことによるもの。現在でもこの葉でオニギリを包む地方がある。ホオノキのほうは包むことから名付けられたものであろう。

いわき市好間町中好間のホオノキ

ホンダワラ

みさごゐる 磯廻（いそみ）に生ふる なのりその
名は告（の）らしてよ 親は知るとも

山部赤人（巻三―三六二）

「みさご」はトビくらいの大きさのミサゴ科の鳥。「磯廻」は磯辺のこと。「なのりそ」は海藻のホンダワラのこと。「なのりそ」は「な告りそ」に通ずることから、名前をいってはならぬの意味に用いられる。歌意は「みさごの棲んでいる磯辺に生えているなのりそではないが、名をはっきりと私に教えて下さい。たとえ、あなたの親に知られようとも」と詠っている。古代では名を問うことは求婚を意味し、名を言うことは求婚を受け入れることを意味していた。

ホンダワラは潮間帯下部から深さ数mまでの所に林生する褐藻類。体は長さ約3mに達する。根は盤状になり岩につき、茎は多数の枝を分かち、多くの葉をつける。下部の葉は大きく、披針形で全縁か鋸歯をもつ。上部にいくほど葉は小さくなる。多くの楕円形から倒卵形の気泡をもち、体を海中で直立させるのに役立っている。本種は食用にも供され、新年の鏡餅の飾り物として使うところもある。また、焼いてK（カリウム）を含む肥料としても用いられる。浜通り地方の久之浜町波立（はったち）海岸、四倉町蟹洗（かにあらい）海岸、永崎海岸など各地の岩礁地帯にごく普通に産する。

いわき市久之浜町波立（はったち）海岸のホンダワラの一種

マコモ

三島江の　玉江の薦を　標めしより
己がとそ想ふ　いまだ刈らねど

作者不詳（巻七―一三四八）

「三島江」は現在の淀川下流の地で、現在の大阪市東淀川区から高槻市あたり。「玉江」の玉は美称の接頭語。歌意は「三島江のほとりに生えている薦は、私が標をつけてからはもう自分のものと思っている。まだ刈り取ってはいないけれど」と詠っている。薦はマコモのこと。この歌では結婚をしようとしている女性を意味している。「いまだ刈らねど」はまだ契りを結んでいないがの意。直接的な表現をせず、薦を刈り取るということで、暗にそれと分かるように詠んだものである。

マコモはイネ科の多年草。茎は２ｍに達する。葉は幅２～３㎝、長さ50～100㎝になり、粉緑色でざらつきがある。八～十月に円錐花序を直立させ長さ40～60㎝になる。全国の低湿地に生育しており、昔は刈り取って敷物を作った。黒穂病菌を感染させると茎の株が肥大する。この肥大したマコモを真菰茸と称し、食用とする。薄く切り天ぷらにして食べると美味しい。最近では低湿地の開発により減少し、マコモ自生地が減少している。マコモは湖沼の水際や河川沿いの陸部にウキヤガラ、フトイ、ヨシなどと共に抽水草本群落を形成し、宮脇昭は低層湿原植物群落の一つとして、ウキヤガラ－マコモ群集を記載している。『福島県植物誌』では浜通り地方からいわき市小名浜ほか３ヶ所、中通り地方からは郡山市芳賀ほか３ヶ所、会津地方からは河沼郡会津坂下町白狐ほか２ヶ所が記されている。しかし、最近は産地が激減している。マコモは河川や湖沼の水質浄化に大きな役割を果たしている。

いわき市平赤井の水田で栽培されているマコモ

マツタケ

高松の　この峰も狭に　笠たてて
満ちさかりたる　秋の香のよさ

作者不詳（巻十—二二三三）

高松は奈良の春日山東南にある高円山で聖武天皇の離宮があった。当時は松茸狩りが一般化していなかった。歌意は「高松山の頂上を所狭しと一面に生えているマツタケの香りの何と良いことか」と詠っている。「笠立てて」という表現から笠状になるキノコと思われる。そのような形状のキノコはクサウラベニタケ、イッポンシメジ、ムラサキシメジなど沢山ある。ここでは「秋の香の良さ」という表現からマツタケを詠んだものと思える。「峰も狭に」とは勿来の関の「道も狭に散る」と同じ用い方で、所狭しとの意味である。マツタケは所狭しと群生するキノコではない。誇張して表現したものか。マツタケの生態からは少し気になるが、「秋の香の良さ」の表現からマツタケとしておこう。昔は高松山には一面にマツタケが生えていたのだろうか。現在マツタケは全く生えていないらしい。中通り地方では棚倉町山本不動尊周辺のアカマツ林やいわき市では背戸峨廊、四倉町玉山、白岩などマツタケの産地として知られているが、現在は放射線濃度が高く採取できない。特にキノコ類は放射線量が高いらしい。

マツタケはアカマツのほかクロマツ、ツガ、コメツガの林にも生育する。北海道の民宿に泊まった時にマツタケが出た。聞いたらハイマツ帯から取ってきたという。

いわき市四倉町のマツタケ

マユミ

陸奥の 安太多良真弓 はじき置きて
せらしめ来（き）なば 弦（つら）はかめかも

作者不詳（巻十四―三四三七）

「はじき置きて」は矢を放った後弓が反り返ること。安太多良は安達太良山のこと。歌意は「陸奥の安達太良山産マユミで作った弓で矢を射ておいて、弓を反らせたままだったら弦が掛かるものか」というもの。一旦離れた男がよりを戻そうとしたことに答えた女性の歌。一度ふっておいて、もう一度よりを戻そうとしても、そうはいきませんよ、といっている。

いわき市田人町のマユミ

　マユミはニシキギ科の落葉低木時に高木となる。枝にしばしば白い筋があり、枝の下部は黄褐色を帯びる。材質が強いうえ、よくしなる為、昔から弓の材料として用いられた。「まゆみ」の名もこのことに由来する。「ま」は美称の接頭語。葉は対生し、楕円形から倒卵状楕円形で、先端尖り、縁は細かな鋸歯がある。五～六月に今年の枝基部から集散花序をだし、淡黄緑色の4弁花をつける。果実は秋に熟し、4個に深く裂け赤い種子を露出する。全国にやや普通に分布し、『福島県植物誌』には阿武隈山地や会津地方の山地にかけて多くの産地が記録されている。南会津郡檜枝岐村にはアンドンマユミが特産する（県レッドデータブックでは絶滅危惧Ⅰ類に選定）。マユミの枝は平滑であるが、アンドンマユミの枝には粒状突起が密生する。アンドンマユミの発見者は地元出身の星大吉氏で氏の持ち山に一株植えられている。筑波実験植物園に本種の小株が植えられている。星氏の山に植えられている株から挿し木したものか？

南会津郡檜枝岐村のアンドンマユミ（故馬場篤氏撮影）

ミズアオイ

醤酢に　蒜搗き合てて　鯛願ふ
吾にな見えそ　水葱の羹

長忌寸意吉麻呂（巻十六―三八二九）

この歌は「ノビル」の項で紹介した歌。植物名としては「蒜」と「水葱」の2種が詠われている。「醤酢」はもろみに代える調味料。蒜はノビルやネギの仲間をいう。水葱はミズアオイの古名。歌意はノビルの項で解説した通り、「醤に酢で蒜などをつき混ぜたタレを作って鯛を食べたいと願っている私に、まずい水葱の吸い物など見せてくれるな」というもの。

ミズアオイは葉が葵の葉に似ていることから名付けられたもの。北海道から九州の浅い河川や沼に生育する一年草の水草で、草丈20～30cmになる。葉は互生し、葉柄は長く、葉身は心形で全縁、先端尖り、葵の葉に似る。花期は八～十月、円錐花序をなし、花茎は高さ30～70cmで葉より高く伸び、10～20個の青紫色の花をつける。花は直径3cmくらいで、6個の花被片よりなる。『福島県植物誌』には浜通り地方からだけ記録され、国、県ともに絶滅危惧Ⅱ類に指定されている。また、東日本大震災後に双葉郡楢葉町前原の水田に大発生したことがある。しかし、現在は放射性廃棄物置き場となり、絶滅。平新川に一時大発生したことがあるが、河川改修工事で絶滅した。新聞情報によれば、浪江町の海岸沿いに大発生したとの記事が載せられた。また、最近（令和四年）いわき市新川に再び大群落が発生した。河川工事で川底が撹乱され、埋没種子が水底に出て発芽したものか。

双葉郡楢葉町前原の水田に群生したミズアオイ

ミズナラ

み狩りする 雁羽(かりは)の小野の 櫟柴(ならしば)の
慣れは増さらず 恋こそ増され

作者不詳（巻十二―三〇四八）

いわき市三和町芝山のミズナラ

「み狩りする」は天皇など高貴な人が行う狩りのこと。「雁羽」は所在不明。「櫟柴」はコナラやミズナラなどの落葉高木。櫟は類音により慣れをおこす序。ここでは狩りをするような深山に生えている樹なので、ミズナラとした。「慣れは増さらず」は相手が自分に対してまだ十分に打ち解けないことをいう。「恋こそ増され」のこの恋は作者が相手を恋しく思う気持ち。歌意は「狩りをなさる雁羽の小野の櫟柴のように、慣れは増さらずに、恋ばかりが増します」の意。

ミズナラはコナラより海抜が高い所に生育する。樹高30ｍに達する落葉高木。樹皮に不規則な縦の割れ目を生ずる。葉柄は極めて短いかほとんどない。葉身の基部は多少とも耳状になる。葉の長さは７～15㎝と大きく、縁には鈍頭かやや鋭頭の鋸歯がある。葉の表面には初め軟毛があるが、後に無毛となる。雌雄同株で花は五月に咲き、雄花序は新枝の下部から数個出て下垂し、長さ５～８㎝で軟毛を散生する。雌花序は新枝の上部の葉腋に、１～３花をつける。この歌の狩りを行った雁羽という所の標高が分からないが、狩りを行ったのだから深山に入ったのではないか。櫟柴と詠まれた樹はミズナラであった可能性がある。

ミズナラの葉

ミツマタ

春されば　まづさきくさの　幸（さき）くあらば　後にも逢はむ　な恋ひそ吾妹（わぎも）

柿本人麻呂歌集（巻十―一八九五）

「さきくさの」のさきが「幸く」と同音関係で幸くの序となっている。歌意は「春になると、まず咲くさきくさの、その言葉のように幸く無事であったなら、またいつか逢えるでしょう。そんなに恋に心を苦しめないでください。いとしい人よ」と詠っている。「さきくさ」が何にあたるかについては、マツ、ミツマタ、ジンチョウゲ、ツリガネニンジン、ヒノキなどの多くの説がある。ヒノキ説は唐の時代の伝説に、道州で水が濁っていてこれを飲んでいると皆短命であった。ところがヒノキを入れたら水は忽ちに澄んで飲むと長生きできるようになったという話である。この為幸福をもたらす植物で、「さきくさ」はヒノキにあたるというもの。しかし、さきくさは万葉表記では三枝となっており、枝が三つに分かれる植物としてミツマタがある為、ここではミツマタとした。

ミツマタは落葉低木。葉は対生し卵状楕円形、全縁無毛で下面やや白色を帯びる。春に黄色の頭状花をつける。ミツマタは中国原産。万葉時代に中国から入っていたのかもしれない。いわき市遠野町では遠野和紙の原料として栽培され、いわき市遠野町上遠野の県道14号線沿いに多数のミツマタが植えられている。

いわき市遠野町のミツマタ

ミル

つのさはふ 石見の海の 言さへぐ
辛の崎なる いくりにぞ 深海松生ふる――
玉藻なす なびき寝し児を
深海松の 深めて思へど――

柿本人麻呂（巻二―一三五）

この歌の題詞には「柿本朝臣人麻呂、石見国より妻に別れて上り来る時の歌二首、並びに短歌」とある。「つのさはふ」は石の枕詞。「石見の国」は現在の島根県。「辛の崎」は島根県の韓島、浜田市国府町唐鐘浦、江津市大崎鼻などとする説がある。「いくり」は海の中にかくれた岩礁地帯。「深海松」は海中深く生えている緑藻類のミルのこと。歌意は「石見の国の辛の崎の海中の岩にミルが生えている…。美しい海藻が波に揺れるように、わたしの側に寄り添って寝た妻のことを、心から深く思っている…」というもの。

ミルは干潮線下部の岩場に生育し、いわき市でも四倉町蟹洗（かにあらい）海岸や永崎海岸の岩礁地帯で確認されている。体は深緑色で二叉分枝を繰り返し、扇状に広がる。ミルの表面には小嚢という袋状のものが並び、筒状になっている。雌雄の配偶子嚢ができ、配偶子が合体して接合子をつくる。食用になる。寄り添って寝た妻を、波に揺れているミルに喩えたもの。ミルは多く分枝するので、ぼろ布にも喩えられる。山上憶良は「…綿もなき 布肩衣の 海松のごと わわけさがれる かかふのみ 肩にうちかけ」（巻五―八九二）と詠っている。「ミルのように破れ下がっているぼろを肩にかけ」とミルをぼろ布に喩えている。

いわき市四倉町蟹洗（かにあらい）海岸のミル

ムラサキ

託馬野に 生ふる紫草 衣に染め
いまだ着ずして 色に出でにけり

笠女郎（巻三―三九五）

「託馬野」は現在の滋賀県坂田郡米原町朝妻筑摩の地。「紫草」は現在の標準和名のムラサキのこと。「いまだ着ずして」は恋心が叶わぬうちにの意味。「色に出でにけり」は世間に知られ評判になってしまったこと。この歌は笠女郎が大伴家持に贈った歌。歌の直接の意味は「託馬野に生えている紫草の根から取った染料で衣服を染めつけ、それをまだ着ないうちに紫色が人目に立ってしまった」というものであるが、紫草で染めた衣に託し、自分の恋心を詠った歌で、「私はあなたを思っているが、まだその思いが遂げられないうちに、世間の評判になってしまった」といっている。笠女郎は大伴坂上郎女とともに情熱的な歌人といわれている。

ムラサキは北海道から九州まで広く分布する多年草。草丈30～50cmで根は紫色で太い。葉は互生し披針形、先端と基部は次第に細くなる。葉柄がなく全縁である。昔から根を染料や薬用に用い、栽培もされた。『福島県植物誌』にはいわき市万太郎山、伊達市霊山、田村市大滝根山、会津背あぶり山、南会津郡下郷町ほか数ヶ所の産地が記録されているが、現在では産地が減り、個体数も少なくなっている。染料として利用するよりも、園芸用に採取されることが絶滅に拍車をかけている。環境庁編『改訂・日本絶滅のおそれのある野生植物』では絶滅危惧1B類に指定している。

二本松市羽山山頂草原（郡山市山下俊之氏撮影）

メハジキ

わが屋前(やど)に　生(お)ふるつちはり　心ゆも
思はぬ人の　衣(きぬ)に摺(す)らゆな

作者不詳（巻七―一三三八）

歌の「つちはり」については諸説がある。メハジキの古名に益母草(やくもぐさ)、苦艾(にがよもぎ)、土針(つちはり)などがあることから、メハジキであろうとされている。また方言にツチウリ（日本海沿岸）、ツチフリ（九州）があること、昔染料として使われたことから「衣に摺らゆな」とも合致する。

メハジキは全国に自生する、シソ科の越年草。昔、子供達の草木遊びにメハジキの茎を短く切り、まぶたにはりつけ目を開かせる遊びがあった。その為メハジキの名がある。しかし、現在はゲーム機などでの遊びが多くなり、そのよう遊びはなくなってしまった。

ツチハリに寄せて自分の娘に対する親の心を詠んだ譬喩歌。「心ゆも」は心からの意。「摺らゆな」は摺り染めることと。「ゆ」は受身の助動詞で「る」と同じ。「衣に摺らゆな」は「衣の摺り染めに使われるな」と諭している。歌意は「わたしの家に生えたつちはりよ、心から思わぬ人の衣の摺り染めに使われるな。すなわち、自分の心に沿わない人と結婚するな」といっている。

衣を染めることは男女の契りを結ぶ意に用いられる。この

相馬市松ヶ房のメハジキ（伊賀和子氏撮影）

モミ

――伊予の高嶺の　射狭庭(いさには)の　岡に立たして
歌思ひ　辞(こと)思ほしし　み湯の上の
木群(こむら)を見れば　臣(おみ)の木も　生(お)ひ継ぎにけり
鳴く鳥の　声も変はらず　遠き代(よ)に
神さび行かむ　行幸処(いでましどころ)

山部赤人（巻三―三二二）の長歌の一部

この歌は道後温泉で詠った長歌の一部で、後半の「岡に立たして　歌思ひ」以下の部分だけを示した。全体の意味は「歴代天皇が治めるこの国には、温泉が沢山あるが、険しい伊予の岡にお立ちになって、歌をお考えになり、言葉を練られた温泉のほとりの林を見ると、臣の木もその時から生え、変わりなく繁っている。そしてこの林に鳴く鳥の声も昔と変わりない。天皇が行幸された後は、遠い後の世まで神々しく残っていくことであろう」と詠っている。モミの古名が臣の木。天皇は斉明天皇か舒明天皇か。臣の木が詠まれたのは万葉集の中でこの歌一首である。

モミは常緑の高木で、阿武隈山地では急峻な地形に多い。その為地形的極相林とする見方と、暖帯の常緑樹林帯とブナ帯の間を埋める中間温帯林であるとする見解がある。

浜通り地方の暖帯にはシイ林が成立しており、海抜７００ｍ以上にブナ帯が見られる。その間を埋めているので、中間温帯林とする見方も納得できる。カヤに似るがカヤの葉の先端は鋭く尖る。モミの葉の先端は２裂する。球果は直立し、長さ10～15㎝の円柱形、種子は翼をもち落ちる時風により遠くまで飛ばされる。浜通り地方と中通り地方には各所に見られる。双葉郡楢葉町木戸川渓谷やいわき市閼伽井嶽には見事なモミ林が見られる。イヌブナや他の落葉樹と共存するので、植物生態学ではモミ－落葉広葉樹林と命名されている。

いわき市夏井川渓谷のモミ－落葉広葉樹林

モミの球果

モモ

向つ峰に　立てる桃の木　成らめやと
人そささやく　汝が心ゆめ

作者不詳（巻七―一三五六）

「桃の実が成る」は恋が成就すること。歌意は「向こうの山の上に立っている桃の木は、実など成るものか、と人が噂をしている。お前も心を引き締めて気をつけなさい」というもの。人に悪く噂されているような人間にならないよう、お前も気をつけなさいと注意している。

モモは中国黄河の上流の高原地帯が原産地で、中国では果物の王とされている。日本には弥生時代に移入されていたようで、弥生時代の古墳からモモの種子が出土している。モモの語源については多くの説がある。実の色が燃実色であるからとか、毛が多いので毛毛から名付けられたとか、実が沢山なるので百からとか諸説ある。牧野富太郎は日本では硬く丸いものをモモといったとしている。

三月三日のモモの節句にはモモの花を飾り、雛壇には白酒やよもぎ餅を供える。この行事は中国文化の影響である。『古事記』に桃の記載がある。伊邪那岐命が妻の死を悲しんで黄泉の国に会いに行き、姿を見るなという約束を破り見てしまい、その醜い姿に驚き逃げ帰ろうとすると鬼が追いかけて来た。その時そこに生えていたモモの実を投げたところ鬼は逃げ帰ったというもの。このことからモモは魔除けとしても使われた。モモの産地は第一位が山梨県で、第二位が福島県となっている。

福島市フルーツラインのモモ

ヤダケ

近江のや　矢橋（やはせ）の篠（しの）を　矢はがずて
まことあり得むや　恋しきものを

作者不詳（巻七—一三五〇）

いわき市四倉町白岩のヤダケ

「近江のや」のやは間投助詞。「矢橋」は滋賀県草津市矢橋町。「矢はがずて」の「矢はぐ」は篠に矢羽や矢じりをつけ矢にすること。矢を作らないでの意味。「まこと」は実際に。「あり得むや」はいたたまれようかの意。歌意は「近江の矢橋の篠を矢に作らないで、本当に耐えられようか、何とも恋しくてならないのに」の意味。篠を恋しい女性に喩えている。「しの」は万葉集では笹類を指している。笹の仲間で考えられるものはメダケ、ネザサ、ヤダケ、ミヤコザサなどがある。この中で、ヤダケは幹が直立し曲がらないので弓矢に用いられた。山地に自生し群生するが、昔は矢を作る為に人家周辺にも植えられていた。歌の中の「矢はがずて」からヤダケとするのが妥当と思われる。植物学的には、筍が成長した時に皮を落とすグループをタケ類とし、枯れるまで皮を落とさないグループをササ類として区別している。『新牧野日本植物図鑑』ではササ類もタケ類もイネ科としてまとめている。花の構造が似ているからである。これに対し、福島県出身の鈴木貞雄博士はタケ科として独立させ、『日本タケ科植物総目録』を発行している。『福島県植物誌』でもタケ類やササ類をタケ科として扱っている。

ヤドリギ

あしひきの　山の木末（ぬれ）の　ほよ取りて
かざしつらくは　千年寿（ほ）くとそ

大伴家持（巻十八―四一三六）

歌は「山の木の梢のヤドリギをとって髪にさしたのは、いつまでも限りなく無事であるようにと、祝い願う気持ちからなのだ」の意。ヤドリギは常緑植物なので、永遠の生命ある目出度いものとして身につけた。この歌は家持が13歳の時に越中国府の役所に国中の役人を集めて、新年の宴を催した時に詠んだもの。「ほよ」は現在のヤドリギの古名。

阿武隈山地では、いわき市田人町水呑場、双葉郡木戸川渓谷上流などのイヌブナ、コナラ、シデ類の古木の梢にヤドリギが着生しているのを見ることができる。北塩原村の桜峠周辺の樹木にも多数のヤドリギ（アカミヤドリギ）が着生している。ヤドリギの実は粘物質につつまれていて、小鳥が実を食べた後梢で糞をすると、その粘物質の為に枝に粘り着く。そこから発芽し根を枝の中に伸ばし養分を吸収する。しかし、自分でも葉を持ち光合成を行う。このような植物を半寄生植物と呼んでいる。阿武隈山地のヤドリギの実は黄色が多いが、会津地方には赤色のものが多い。アカミヤドリギとして区別する。

いわき市朝日山のヤドリギ

ヤナギタデ

童ども　草はな刈りそ　八穂蓼を
穂積の朝臣が　腋草を刈れ

平群朝臣（巻十六―三八四二）

「八穂蓼」は多くの穂をもつ蓼のこと。平群の朝臣も穂積の朝臣も素性がよく分からない。平群の朝臣は平群朝臣広成ではないかともいわれる。穂積の朝臣は腋臭がひどい人であったようだ。歌意は「子供達よ、草は刈るなよ。それより穂積の朝臣の臭い腋草を刈るがよい」というもの。穂積の朝臣の腋臭の臭いがひどいことをからかったもの。

これに対し、穂積朝臣は次の歌を返している。

いづくにそ　ま朱掘る岡　薦畳
平群の朝臣が　鼻の上を掘れ

穂積朝臣（巻十六―三八四三）

歌意は「ま朱を掘る岡はどこにあるのか。それは平群の鼻の上を掘れ」というもの。

万葉集で蓼とはヤナギタデであるという説が有力。タデには多くの種類があるが、ヤナギタデには特有の辛味と臭いがある。他のタデは辛味を感じない。その為、万葉集で詠われたタデは臭いと辛味があることから、ヤナギタデであろうと考えられる。穂積の朝臣の腋臭をヤナギタデの臭いになぞらえたもの。草全体に辛味があるので、タデを食べる虫は蓼虫だけなので、「蓼食う虫も好き好き」という諺がある。『福島県植物誌』には大滝根山、新田川渓谷、背戸峨廊が産地として記録されているが、各地の川辺や湿地に普通に生育する。葉がヤナギのようなので、この名があり、食用になる。

いわき市内倉湿原のヤナギタデの花
（鈴木為知氏撮影）

会津若松市御薬園のヤナギタデ（栗城英雄氏撮影）

ヤブコウジ

消残り（けのこ）の 雪にあへ照る あしひきの
山橘を つとに摘み来な

大伴家持（巻二十―四四七）

「消残りの雪」は春にまだ消えずに残っている雪。「山橘」はヤブコウジの古名。「あしひきの」は山橘の枕詞。「実が照る」という表現はヤブコウジの赤い実が白い雪に照り映える様。歌意は「春溶けずに残っている白い雪にヤブコウジの実が赤く照り映えている。それを土産に摘んで帰ろう」と詠っている。

ヤブコウジは一見草本のように見えるが、常緑の小低木。葉は茎上部に3～5枚つき、夏に白または淡緑色の花を下向きにつける。実は秋に赤く熟し春まで残っている。その為、正月に縁起のよい鉢物として用いられる。根は紫金牛といい、解熱や利尿剤として使われる。北海道から九州までの山地の木陰に生える。いわき市では新舞子浜のクロマツ林の林床に多数生えている。センリョウ・マンリョウに対し、「十両」と俗称されている。昔病院に入院した時、お見舞いにヤブコウジの鉢物を頂いた。しかし、それには根がなかった。病院に根付かないようにとの配慮らしい。

いわき市平藤間新舞子浜クロマツ林床のヤブコウジ

ヤブツバキ

あしひきの　八峰（やつを）の椿　つらつらに
見とも飽かめや　植ゑてける君

大伴家持（巻二十―四四八一）

「つらつらに」は椿の木が沢山並んでいる様。または花が沢山咲き連なっている様。歌意は「峰々の椿が沢山並んで咲いている様をつくづくと見ても、私は飽きることがありません。これを植えたあなたという方は」というもの。

わが門の　片山椿　まこと汝（なれ）
わが手触れなな　土に落ちもかも

物部広足（巻二十―四四一八）

「片山椿」は山の斜面に咲いている椿のことであるが、この歌では相手の女性を指している。「まこと」副詞のまことがあると、下句は反語的な意味になる。「わが手触れなな」の「なな」は～しないでの意。歌は「私の家の前の片山椿よ、ほんとうにおまえは私の手が触れない間、地に落ちないだろうか」と詠っている。私が手を触れない間に他人のものになってしまわないだろうかと心配している。

奥山の　八峰（やつを）の椿　つばらかに
今日（けふ）は暮らさね　丈夫（ますらを）の徒（とも）

大伴家持（巻十九―四一五二）

「八峯」はいくつもの峯が連なった山。「つばらかに」は十分にの意。「丈夫の徒」は来客の官人たち。歌意は「奥山の椿を今日は十分に楽しんで下さい。友たちよ」の意。山に自生するヤブツバキを鑑賞の為、庭に植えたものである。

いわき市久之浜町波立（はったち）海岸のヤブツバキ

ヤブマメ

道のへの　うまらのうれに　這ほ豆の
からまる君を　はかれか行かむ
天羽郡の上丁丈部鳥（巻二十―四三五二）

この歌はノイバラ（巻二十―四三五二）のところで取り上げた歌と同じである。ここでは「這ほ豆」について解説する。「這ほ豆」はヤブマメと考えられている。作者が東国の人であった為、言葉の訛があり、「這ほ豆」は「はう豆」のこと。君は君主ではなく、若君のことであろう。からまるという表現からすれば、からまるヤブマメのように、私にからみついて離れない若君を、後に残して別れ防人として出ていくことであろうか」の意である。歌意は「道のほとりのノイバラの枝先にからまるヤブマメのように、私にからみついて離れない若君を、後に残して別れ防人として出ていくことであろうか」の意である。豆といえばダイズを指す。しかし、ダイズは他の植物の枝に絡まることはない。この歌の「這ほ豆」は他に絡まっているので、つる性の豆と考えられ、ヤブマメとするのが妥当であろう。

ヤブマメはつる性の一年草で、道端や林縁の他の植物などに絡まって生える。茎は細く、葉柄や花軸ともに短い白色や黄褐色の下向きの伏した毛をつけ。托葉は卵形で鋭頭、数脈がある。葉は3小葉からなり、小葉は広卵形から卵形で、先端円頭〜やや亜鋭頭。葉表面と裏面に白い伏した毛をもつ。頂小葉は長さ3〜4㎝、幅2〜5㎝で鋭尖頭〜鈍頭。花序は1〜3㎝、2〜6個の淡い青紫色の花をつける。花は長さ15〜20㎜、萼は有毛。豆果は地上果と地中果があり、多くは閉鎖果である。北海道から九州まで分布し、この歌は千葉県出身の防人の歌なので、千葉県は本種の分布域に入る。

二本松市岳温泉のヤブマメ

ヤブラン

ぬばたまの 黒髪山の 山菅に
小雨降りしき しくしく思ほゆ

作者不詳（巻十一―二四五六）

「ぬばたまの」は黒髪山にかかる枕詞。黒髪山は奈良県北部の山。黒髪の語に相手の黒髪の女性の様が象徴されている。「小雨降りしき」は小雨がしきりに降ること。「しくしく」を起こす序となっている。歌意は「（ぬばたまの）黒髪山の山菅に小雨が降りしきるように、黒髪の相手の女性をしきりに思われる」というもの。この歌の「山菅」が何にあたるかについてはヤブラン説、ジャノヒゲ説、山に生えるスゲ類の総称とする説がある。日本植物の会副会長の山田隆彦氏はヤブラン説をとっている。スゲ類の多くは雌小穂と雄小穂をつけるが、美しい花被を付けない。

ヤブランはユリ科の多年草で明るい林床に生育する。多数の葉を根生し、線形または線状披針形で長さ30～50㎝ほどになり、幅0.5～1㎝、深緑色で先端鈍頭からやや鋭頭になる。八～十月に葉とほぼ同長の花茎を伸ばし多数の花をつける。花被片は6枚で淡い紫色。果実は未熟のうちに破れ、裸出した種子が緑黒色に熟する。林床に花を咲かせ、緑黒色に熟する種子をつけている様は林下にたたずむ黒髪の女性を思わせる。ヤブラン説を支持したい。

いわき市田人町朝日山のヤブラン

ヤマグワ

この夕 柘(つみ)のさ枝(えだ)の 流れ来(こ)ば
梁(やな)は打たずて 取らずかもあらむ

作者不詳（巻三―三八六）

この歌は昔の「味稲(うましね)の漁夫」の物語がもとになっている。その昔話は「昔吉野に味稲という漁夫がいて、ある日吉野川に梁をかけ鮎を捕っていたら、山桑の枝が流れてきて梁にかかった。それを拾いあげ家に持ち帰ると、その山桑は美しい女性に変身した。そこでその女性と契りを交わし夫婦になって幸せに暮らしていたが、やがてその美女は黄泉の国に飛び去ってしまった」という話である。

ヤマグワは万葉表記で柘と表記されている。歌意は「この夕暮れに山桑の小枝が流れてきたら、私は梁を仕掛けていないのでその小枝を取らずにしまうのであろうか」というものである。ヤマグワは『大和本草』にもヤマグワ、ノグワとして出ており、日本に自生する桑である。現在日本で栽培されている桑は、中国原産のマグワの品種改良種で葉は大きく肉厚である。花期は四～六月で、晩夏から秋に濃い黒紫色の果実をつける。終戦後の食料不足の時代、子供達には美味しいおやつであった。口を紫色に染めて食べたものだ。クワの語源は食葉(くわ)と考える説と蚕葉(こわ)の転じたものとの説がある。各地の山地に普通に見られる。

いわき市田人町のヤマグワ

ヤマザクラ

あしひきの 山の間照らす 桜花
この春雨に 散りゆかむかも

作者不詳（巻十―一八六四）

春雨が桜の花を散らすので、その散るのを惜しみ詠ったもの。当時ソメイヨシノは作出されていなかったので、自生の桜であろう。自生の桜としては、ヤマザクラ、オオシマザクラその他数種あるが、暖地の山に自生していた桜として最も普通なのはヤマザクラでこの歌の桜もヤマザクラと思われる。

いわき市閼伽井嶽赤井側斜面のヤマザクラを含む林

ヤマザクラは落葉広葉樹で、樹皮には横にしまがあり、花は新葉と同時に開く。新葉は赤褐色に色づくが、個体変異が大きく、花の色も白色から淡いピンク色まで変化が多い。宮城県を北限とする種であるが、阿武隈山地南部では普通に見られ、往生山、滝富士、夏井川渓谷、などヤマザクラの名所が多い。源義家が勿来の関で「路も狭に散る山桜かな」と詠んだ桜はソメイヨシノが作出される前であるから、ヤマザクラであったであろう。

石川郡古殿町の越代のサクラは、樹種はヤマザクラで樹齢４００年、樹高20ｍの大木で、県の天然記念物に指定されている。いわき市田人の石割桜は花崗岩を割ってたくましく成長している桜で「石割桜」と命名され、市保存木に指定されている。樹種はヤマザクラである。享和元年（１８０１）泉藩主本多忠籌公が、この地で詠んだ句「**春おそし此の山里の梅桜**」を紹介した句碑が立っている。市保存木の三和町新田の大山桜は大きいヤマザクラの意で、オオヤマザクラではない。サクラの仲間はいくつかの群にグループ分けされ、ヤマザクラはヤマザクラ群に入り、その仲間にはオオシマザクラ、カスミザクラ、オオヤマザクラがある。オオシマザクラの葉は桜餅に利用される。

見渡せば 向(むか)つ峰(を)の上(へ)の 花にほひ
照りて立てるは 愛(は)しき誰(た)が妻

大伴家持（巻二十―四三九七）

これは天平勝宝七年（７５５）、大伴家持が兵部少輔として防人(さきもり)を引率して難波に宿をとった時、難波堀江のほとりに立っている美女を見て詠んだもの。難波の堀江は現在の大阪の淀川または天満川といわれる。歌意は「見渡すと、向こうの岡の上には桜の花が咲いている。その輝くばかりの花に照り映えて立っているあの美女は、誰の妻であろうか」というもの。この美女と自分の妻である坂上大嬢とを重ねて詠んだもの。この歌に桜という言葉はないが、この花はまぎれもなくヤマザクラと考えてよい。詠われた場所が大阪である。大阪、京都、吉野周辺にはヤマザクラの名所が多いのでこの桜はヤマザクラであろう。万葉集には単に花とのみいって桜を詠んだ歌が数首ある。

絶等寸（たゆらき）の 山の峰（を）の上（へ）の 桜花
　咲かむ春へは 君し偲はむ

播磨娘子（はりまのおとめ）（巻九—一七七六）

この歌の題詞には「石川大夫が任を終えて京に上る時に播磨娘子が贈った歌」とある。石川大夫が播磨守を辞したのは養老三年（719）の春で、ちょうど桜の花が咲いているころであった。歌意は「絶等寸山に咲く桜を見ながら君子に対して、これからもこの山の桜を見るたびにあなたを思い出し慕うことでしょう」というもの。絶等寸山は姫路城東部の姫山か、姫路市東部の播磨の国府付近の山だろうとされている。この歌の桜花はヤマザクラであろうと思われるが、姫路市はカスミザクラの分布域にも入る。カスミザクラはヤマザクラよりやや高所に生育する。絶等寸山の峰に咲いているとするとカスミザクラの可能性も考えられる。

桜花 咲きかも散ると 見るまでに
　誰かもここに 見えて散り行く

柿本人麻呂歌集（巻十二—三一二九）

人麻呂歌集の中にある旅の歌。歌意は「桜の花が咲いては散って行く、このように人も離別を繰り返し逢っては別れ、別れてはまた逢い、次々と変わっていく」というもの。

人麻呂が長旅の途中、故郷の妻を思い詠った歌。心の思いを夢に見ても、現実には捕らえることのできない姿を、散り行く桜の花に寄せて詠っている。

いわき市水石山のヤマザクラを交えた林

阿武隈山地のサクラの天然記念物及びいわき市指定木

石川郡古殿町の越代の桜(樹種はヤマザクラ)

いわき市三和町新田の大山桜
(樹種はヤマザクラ)

いわき市田人町の石割桜(樹種はヤマザクラ)

サクラの仲間は江戸時代に品種改良が進み、江戸時代末期には250種類以上の園芸品種が作出されていた。現在各地で栽培されているソメイヨシノは江戸時代末期に江戸染井村（現在の東京都豊島区）で作出されたもので、万葉時代にはなかった。万葉集で詠われたサクラは野生種である。桜類の研究家川崎哲也氏はサクラの仲間を、エドヒガン群、ヤマザクラ群、カンヒザクラ群、チョウジザクラ群、マメザクラ群、ミヤマザクラ群などに大別している。エドヒガンは広く分布するが、群生することはない。マメザクラはフォッサ・マグナ地域の特産で京の都周辺にはない。チョウジザクラは東北地方に多い種である。カンヒザクラは本州に野生種はない。ミヤマザクラは亜高山に生育する種で、京都や奈良の低地には分布しない。京の都周辺で最も普通で群生するサクラはヤマザクラである。万葉集に詠われているサクラの多くはヤマザクラと考えてよい。ヤマザクラは東北地方南部から屋久島まで広く分布する。寿命が長く大木になる。樹高25ｍに達する。樹皮は暗褐色から暗灰色で、皮目が横に入る。樹皮は樺細工に用いられる。葉は倒卵形で先端尖り、重鋸歯で縁どられる。葉の裏面は白みを帯びた淡い緑色である。若葉は紫赤色を帯びることが多い。花は葉と同時に開く。昔、ヤマザクラの君というニックネームを持った女の子がいた。葉（歯）と花（鼻）が同じ高さだった。花柄は長さ1～2㎝で無毛である。花序は普通散房状で花弁は5枚、各花弁の先端は少し凹状になる。花色は白色から淡い紅色まで変化が多い。変種にツクシヤマザクラがある。

ヤマザクラと同じ野生種としてはエドヒガンがある。京都や奈良にも自生し、歌の中の「桜」にはエドヒガンも含まれていたのかもしれない。寿命が長く30ｍを超す大木になる。三月の末に葉より早く淡紅色の花を咲かせる。花柄や萼は毛で被われる。萼は筒状であるが、下部が膨らむ。ヤマザクラの樹皮は横に割れるが、エドヒガンの樹皮は縦に割れるので樹皮だけでも区別できる。農家では暦がなかった時代に種子を蒔く目安にしたので、大切に保護され巨木になっているものが多い。田村郡三春町の滝桜、いわき市下三坂の種まき桜などが有名である。

いわき市山田町楞厳寺（りょうごんじ）のエドヒガン群

やますげ

あしひきの 名に負う山菅 押し伏せて
君し結ばば 逢はざらめやも

作者不詳（巻十一―二四七七）

いわき市田人町のヒカゲスゲ

「あしひきの」は山菅にかかる枕詞。「名に負う」はあしひきの山という名を持った山菅の意味。「山菅を押し伏せて、あなたが私と契りを結ぼうと思われるなら、決して逢わないことはありません」と詠っている。女性から山で契り合いましょうと男を誘っている。肉食女子は万葉時代にも居たようだ。

林床に生え、軟らかく愛の褥にふさわしいスゲでなければならないからだ。アゼスゲのような湿地性のスゲでは女性の背中が濡れる。カンスゲのような岩場に生えるスゲなら背中が痛すぎる。明るい林床で乾いたところに生え軟らかいスゲといえば、ヒカゲスゲがふさわしい。ヒカゲスゲは葉が細く軟らかく、愛の褥に最適だ。しかし、この歌で山菅は特定のスゲをいっているのではないと思う。林床に生える軟らかい山草全てを山菅と表現したものであろう。ヒカゲスゲは福島県全域にごく普通に生育する。

山菅を詠った歌は歌集中十二首ある。その中の一首に次の歌がある。

山菅の 実ならぬことを 吾に寄そり
言はれし君は たれとか寝らむ

大伴坂上郎女（巻四―五六四）

大伴坂上郎女は大伴旅人の異母妹。郎女は夫である大伴宿奈麻呂を亡くし独り身であった。宴会の席で太宰府の三等官であった大伴百代が郎女にたいして恋の歌を詠みかけた。それに対する返歌である。「あなたと私は何の関係もないのに、関係があるかのようにおっしゃったが、一体あなたは誰と寝ているのでしょうか」というもの。「実ならぬ」は実体の伴わないこと、すなわちなんの関係もないということ。

ヤマツツジ

竜田道の 丘辺の道に 丹つつじの
にほはむ時の 桜花 咲きなむ時に
山たづの 迎え参ゐ出む 君が来まさば

高橋蟲麻呂（巻六—九七一）

この歌は藤原宇合卿が西海道節度使として派遣された時、高橋蟲麻呂がつくった長歌の終わりの部分である。「白雲の竜田の山の露霜に…」から始まる長歌で、歌全体を要約すると、「任務を終え早く帰ってきてほしい、その時はお迎えに出ましょう」という意味の歌である。歌の竜田道の以下の部分は「竜田道の岡部の道の赤いつつじが色映える時、桜花が花咲く時には（やまたづの）お迎えに出ましょう、あなたが帰っておいでなら」という意味である。竜田道は現在の奈良県生駒郡三郷町から大阪府柏原市高井田方面に出る道。「丹つつじ」は赤い色のツツジのこと。万葉集ではツツジは岩つつじ、白つつじなどと詠われ、赤いつつじを詠った歌はこの一首だけである。竜田道の岡に咲いている赤い花を付けるツツジはヤマツツジであろう。

ヤマツツジは高さ1～5mの半落葉低木。春葉と夏葉があり、春葉は長さ2～5㎝で卵形、長楕円形、卵状長楕円形と変化が多い。両面とも長毛を密生する。四～六月に枝先に1～3個の花をつける。花冠は朱色でロート状で5中裂する。福島県にはヤマツツジの名所が多く、福島市土湯つつじ山公園、田村市大越町県立自然公園高柴山山頂、双葉郡川内村金山、東白川郡矢祭町矢祭山公園、塙町風呂山公園などがある。

双葉郡川内村金山のヤマツツジ群生地

ヤマブキ

やまぶきの 立ちよそひたる 山清水
汲みに行かめど 道の知らなく

高市皇子（巻二―一五八）

この歌は額田王の子の十一皇女が亡くなった時、高市皇子が黄泉の国まで逢いに行きたい思慕の情を歌にしたもの。ヤマブキの黄色と山清水の泉を重ね、黄泉の国を意味している。十一皇女の父親は天武天皇である。歌は「山吹の咲いている山の清水を汲みに行きたいが（黄泉の国まで行きたいが）、行く方法が分かりません」と詠っている。

かはづ鳴く 神奈備川に 影見えて
今か咲くらむ 山吹の花

厚見王（巻八―一四三五）

厚見王は天平勝宝元年（749）従五位下、同七年少納言として伊勢大神宮の奉幣使となる。「神奈備川」は明日香・竜田のいずれかの川であろうといわれる。「かはづ」は河鹿（カジカガエル）のこと。歌は「かわずの鳴く神奈備川に影を映してヤマブキが今咲いていることであろうか」と詠っている。この歌は清らかな川とそこに咲くヤマブキの美しさを対比して詠んだもの。

いわき市三和町芝山のヤマブキ

ヤマユリ

筑波嶺の さ百合(ゆる)の花の 夜(ゆ)床にも
かなしけ妹(いも)そ 昼も愛(かな)しけ

大舎部千文(おおとねりべのちふみ)（巻二十―四三六九）

「筑波の嶺に咲き匂うあの優雅なさ百合花のように、夜の共寝の床でも優しく愛しい妻は、昼間もまた愛しい」と詠っている。「ゆる」はゆりの東国訛り、「ゆ床」は夜(よ)床の訛り、「かなしけ」は愛らしくかわいいこと。「さ百合」は巻十八―四〇八八の大伴家持の「さ百合」とは異なり、ササユリではなく、ヤマユリのことである。作者は常陸国出身で、鹿島神社に武運長久を祈って皇軍兵士として出てきた人である。戦で戦死することも覚悟しつつも、妻への強い慕情を詠ったもの。

ヤマユリは近畿地方から東北地方にかけて分布し、筑波山はその分布域に入る。ヤマユリは四国、九州及び北海道には産しない。筑波山にはササユリは産しないので、この歌の「さ百合」はヤマユリと考えてよい。終戦直後、食料不足の時、炭水化物源としてヤマユリの球根をキントンにして食べた。少し苦味があるが、美味しく食べた記憶がある。古殿町、広野町、楢葉町、飯舘村ではヤマユリを郷土の花としている。ヤマユリの別名にヨシノユリ、エイザンユリ、ホウライジユリがある。それぞれ吉野山、比叡山、鳳来寺などの産地名に由来する。

いわき市三和町下市萱のヤマユリ

ユズ

我妹子（わぎもこ）に　逢はず久しも　うましもの　阿倍橘（あべたちばな）の　苔生すまでに

作者不詳（巻十一―二七五〇）

「うましもの」は美味しいものの意。「阿部橘」はユズ、タチバナ、ダイダイなど柑橘類の総称。タチバナは日本特産の常緑小高木、暖地で稀に栽培される。京の都周辺はタチバナの分布域に入るが、産地は稀である。葉腋に刺があり、葉柄に翼がない。六月ころ白い花をつけ、果実はユズより小さい。ダイダイは昔中国南部から伝来した常緑小高木、暖地で栽培される。広く栽培されていたのはユズであったろう。「苔生すまでに」は樹に苔が生えるほどの老木になるまでの意。歌は「我が妻にはもう長いこと逢っていない。あの阿部橘に苔が生えるまで」の意味。

ユズは中国原産の常緑低木。人家や畑に植えられている。樹高4～7mになり、枝には長い尖ったとげがある。葉は互生し、長卵形から長楕円形、先端尖り、葉柄には翼がある。五～六月に葉腋に径2cmの白花を開く。花弁は5個。果実は径4～7cmの扁球形で果皮はデコボコが多い。味は酸味が強く、芳香がある。県内各地で栽培されている。ユズは古くから民家周辺で栽培されていたので、万葉集で詠まれた「阿部橘」はユズを念頭においたものと考えた。福島市信夫山には約430本のユズが栽培されていて、かつては北限のユズとされていた。現在は温暖化の為岩手県でも栽培されるようになった。いわき市では遠野町入遠野にユズを栽培している民家が多い。写真は入遠野のトロン温泉近くの民家に植えられているユズを撮影したもの。ユズはゆず飴、ゆず味噌、ゆず湯、ゆず饅頭など色々な方法で利用されている。

いわき市遠野町入遠野のユズ

ユズリハ

古に恋ふる鳥かもゆづるはの
御井の上より鳴き渡り行く

弓削皇子（巻二―一一一）

「ゆづるは」はユズリハのこと。「御井」は井戸。「古に恋ふる鳥」は作者自身、弓削皇子が都にある額田王に贈った歌。歌意は「昔を恋い慕う鳥であろうか、ユズリハの傍らの井戸の上を飛んで、大和のあなた様のところに鳴いていきます」の意味。弓削皇子は他の多くの皇子と違って、疎外された寂しい境遇にあったようだ。「古に恋ふる」は昔あったこと、いろんな人間関係があった出来事に心引かれて恋い慕うこと。

ユズリハは常緑の亜高木で、阿武隈山地東縁の各地に生育する。会津地方にはエゾユズリハが生育する。ユズリハの葉は枝先に集まって互生し、赤色から淡紅色の長い柄がある。新しい葉ができてから古い葉が落ちることから、子が成長してから、親が譲るの意で、ユズリハと名付けられた。葉柄は冬になるとその赤身を増す。葉柄が緑色で赤くならない品をイヌユズリハというが、阿武隈山地からの記録はない。ユズリハは地方によっては新年の飾りにも使われ、目出度い樹とされている。

双葉郡楢葉町天神岬のユズリハ

ヨモギ

大君の 任(ま)きのままに 取り持ちて 仕ふる国の
年の内の 事かたね持ち 玉桙の 道に出立ち ----
ほととぎす 来鳴く五月のあやめぐさ
蓬(よもぎ)かづらき 酒みづき 遊び和(な)ぐれど 射水川
雪消溢(はふ)りて 行く水の ----

大伴家持（巻十八―四一一六）

この歌は越中国の掾（国司の三等官）の久米朝臣広縄(くめのあそみひろつな)が任を果たして越中国庁に帰って来た時、その労をねぎらって、官舎で歓迎の宴がもたれた。その時に主人の大伴家持が詠んだ歌である。歌は長歌で、蓬が詠われている部分だけを抜粋したものが右記の歌である。歌意は「大君の仰せのままに政務を担当し、仕える国の一年の国務をまとめて旅路について…ほととぎすの来鳴く五月のあやめ草や蓬を蘰(かつら)にし、酒を飲み遊んで気を紛らわそうとするが、射水川の雪解け水があふれて行くように…」というもの。

ヨモギはキク科の多年草。全国の山野、路傍に普通に産する。草丈1.5～2mになり、分枝する。葉は互生し、楕円形で羽状に分裂し、裂片には鋸歯がある。裏面は白毛を密生するので、白く見える。夏に茎の頂きに複総状花序をつけ、筒状花だけからなる淡褐色の小花を多数つける。早春に若葉を摘み、水洗いして乾燥させたものを餅に入れて食べる。その為モチグサとも呼ばれる。五月五日の節句にはヨモギを屋根に挿す習慣は古くから行われてきた。ヨモギはその芳香が邪気を払うと信じられていた。

いわき市平石森山のヨモギ

ワカメ

比多潟（ひたがた）の　磯のわかめの　立ち乱え
我をか待つなも　昨夜（きよ）も今夜（こよひ）も

作者不詳（巻十四―三五六三）

いわき市久之浜町波立（はったち）海岸の歌碑

歌意は「比多潟の磯のワカメが波に揺れて乱れているように、私を待っているのだろうか。昨夜も今宵も」の意。比多潟は場所がまだ断定されていないが、いわき市久之浜町の有志と福島県立相馬中学校第三十三回卒業生有志は比多潟とは久之浜のことだとし、波立（はったち）海岸の波立（はりゅうじ）寺境内に上記の歌の歌碑を立てている。波立海岸から蟹洗（かにあらい）海岸にはワカメが生育可能な岩礁地帯が発達している。比多潟を久之浜とする説も肯けるが、古文書や古地図に久之浜を比多潟とした事実があるのだろうか。万葉集研究者の中には比多潟は茨城県霞ヶ浦周辺ではないかと考える者もいる。

ワカメは海藻の褐藻類に属し、海岸岩場の潮間帯最下部から漸深帯上部にかけて生育する。ワカメの葉が荒波に揺れ乱れる様を、愛する人を想い悩む姿とみている。浜通り地方では波立海岸、蟹洗海岸の他に永崎海岸にも岩礁地帯が発達し、ワカメも生育する。潮間帯下部や漸深帯上部は、強い波が打ち寄せる所で、素人には採取困難な場所だが、台風の後などに海岸に行くと、打ち上げられたワカメを採取することができる。写真はいわき市平の須田昌宏氏が南相馬市鹿島区で採集した標本に基づく。

南相馬市鹿島区のワカメ（須田昌宏氏撮影）

わすれぐさ

わすれぐさ 吾(わが)紐に付く 香久山の
古りにし里を わすれむがため

大伴旅人（巻三—三三四）

「わすれぐさ」はノカンゾウ、ヤブカンゾウ、キスゲなどのワスレグサ属の総称。外国のワスレグサは「私を忘れないで」の意味であるが、万葉時代には、恋の辛さや悲しい思い出を忘れる意味で用いられた。わすれぐさを衣服の下紐に結ぶかたちで用いた。古代の衣服にはボタンというものがなく、みな紐で結び合わせていた。歌意は「忘れ草を私の衣服の紐に結びつけよう。それはあの香久山のほとりの古里を忘れようと思うからです」というもの。この歌は、大伴旅人が太宰府に赴任した時、その後小野老(おゆ)が旅人の部下として、また大伴家の一族である大伴四綱(よつな)も都より赴任してきた。小野老はそれまでいた奈良の都を思い出し、「あおによし 奈良の都は 咲く花の にほふがごとく 今盛りなり」（巻三—三二八）と詠い、四綱は、「藤波の 花は盛りに なりにけり 奈良の都を思ほすや君」（巻三—三三〇）と奈良の都をあなたは思い出しにはなりませんかと問うように詠った。これに対し、旅人も望郷の念を刺激されて詠った歌である。

キスゲは福島県から記録がなく、ニッコウキスゲが尾瀬ケ原や雄国沼その他の亜高山の湿地に生育する。ヤブカンゾウとノカンゾウは低地にやや普通に産する。ニッコウキスゲは根に紡錘状の膨らみがなく、匐枝もない。花は橙黄色であるのに対し、ヤブカンゾウやノカンゾウの根には紡錘状の膨らみがあり、匐枝もある。花の色は橙赤色である。ノカンゾウの花は一重であるのに対し、ヤブカンゾウは八重咲になる。両種の若葉は軟らかく食用になる。戦時中から終戦後の食料不足の時代には、おひたしや味噌汁の具として食べられた。また子供達は若葉を利用し、ピーピーと音を出し、笛代わりに用いて遊んだ。その為、ピーピーカンカンという方言がある。

いわき市平小泉のヤブカンゾウ（伊東善政氏撮影）

ワタ

しらぬひ　筑紫の綿は　身に着けて
いまだは着ねど　暖けく見ゆ

沙弥満誓（巻三—三三六）

「しらぬひ」は筑紫の枕詞。歌意は「筑紫の綿はじかに着て見ないけれど、暖かそうにみえる」というもの。沙弥満誓は俗名を笠朝臣麻呂といい、慶雲三年（706）美濃守となり、木曽路の開通などの業績が認められ、国守として従四位上を授けられ、さらに尾張・三河・信濃の管理をも委任された。翌年元明上皇の病気祈願の為出家し沙弥満誓と名のった。

ワタは熱帯アジア原産のアオイ科の一年生草本。花はハイビスカスに似て美しい。果実は白い綿毛に包まれている。栽培するには腐植質に富んだ土壌に五月ころ種子を直播きにする。秋に綿が採れる。綿は種子からとれる繊維、コットンともいう。東日本大震災で被害を受けた農家で綿花栽培が行われており、「ふくしまオーガニック・コットン・プロジェクト」が立ち上げられ、綿の栽培が始められた。熱帯原産の種なので、温暖な気候の所が適している。品種改良で耐寒性の強い品種が作出されれば良いのだが、現在の品種だと浜通り地方が北の栽培地として限界かもしれない。綿の生産量はインドが一位で年間618万8千トン、二位は中国で年間生産量は617万8318トンである。日本での自給率は現在0％である。「ふくしまオーガニック・コットン・プロジェクト」の組織が大きく発展し、ワタの生産量が上がることを期待したい。

いわき市平赤井のコットン・プロジェクトグループにより栽培されているワタ

ワラビ

石激る　垂水の上の　さわらびの
萌え出づる春に　なりにけるかも

志貴皇子（巻八―一四一八）

「石激る」は水が岩の上を激しく流れ落ちる様。「垂水」は流れ落ちる水のことで滝を意味する。歌意は「岩の上を激しく流れ落ちる滝のほとりの、ワラビが芽を出す春になったことよ」の意。有名な歌である。

ワラビはウラボシ科の夏緑性のシダ。春のワラビ狩りを楽しみにしている人は多い。お浸しやご飯に炊きこんだりして食べる。いわき市田人町のレストラン「やまがらの森」では山菜ピラフとして提供している。ワラビにはビタミンB１破壊酵素が含まれるので多くを食さないほうが良い。食べ過ぎると脚気症状がでる。また発がん性物質であるプタキロサイドが含まれる。プタキロサイドはアク抜きしても残存する。食べるのもほどほどにしたほうが良さそうだ。ワラビのあく抜きは水を沸騰させ重曹を入れて粗熱をとり、ワラビを入れる。そのまま半日おきワラビが好みの柔らかさになったら終了である。その後流水で水洗いが必要である。採った日の内にあく抜きしたほうがよい。時間が経つと硬くなる。

石川郡古殿町の三株山にはワラビ園があり、春に入場料を取ってワラビ狩りをさせる所があった。蕨の名のつく地名は多く、いわき市田人町石住の蕨平、常磐上矢田わらび作、相馬郡飯舘村蕨平などがある。伊達市梁川町山舟生には甘蕨という地名がある。そこのワラビはアク抜きしないで食べられる。昔筆者も食べたことがある。

いわき市平石森山のワラビ

おわりに

筆者が万葉集に興味を持ったのは、海藻の調査でいわき市久之浜町の波立(はったち)海岸に行ったとき、波立寺の境内にワカメを詠った歌碑を見たことに始まる。その後調べてみたら福島県には万葉集に詠まれている地名が数ヶ所あり、また歌に詠まれている植物の多くが福島県にも産することが分かった。万葉集に植物が詠われている歌は一五〇首ほどあるが、そのうち半数近くは既に撮影済みである。残りの半数の写真を撮影し、カラー写真付きの解説書を作ろうとしたことがこの冊子を作るきっかけとなった。未撮影の植物写真を一人で撮影することは大変な作業である。幸い多くの植物愛好家たちがそれらの写真を提供して下さった。

会津生物同好会会長の栗城英雄氏はマクワウリを栽培し、その果実の写真を撮影して下さった他、会津若松市滝沢峠のチマキザサや、南会津郡南会津町湯ノ花や会津若松市北会津町で栽培されているアワとキビの写真を撮影して下さった。会津地方の公民館、教育委員会、産直店や知人に電話して探して下さったご好意には感謝のほかはない。また植物観察会の喜楽会会長の渋川初枝氏はサンカクイ、フジバカマ、ワタやナツメの自生地や栽培されている場所を案内して頂き、写真撮影に協力して下さった。いわきの森に親しむ会の古川眞智子氏はツゲとアズサの写真を、いわき市内郷高坂町の渡邉紘氏はコバイモの写真を、いわき山楽会の遠藤紘子氏と小松朝子氏はザクロとヒオウギの写真を、福島県植物研究会会長の薄葉満氏はアズサとクログワイの標本写真を、いわき市の鈴木為知氏はヤナギタデ、ケイトウとツボスミレの写真を、いわき市の須田昌宏氏はワカメの写真を、いわき市植田町の長瀬美智子氏は酔芙蓉の写真を、元くさの自然塾会長の伊東善政氏はショウブ、ヤブカンゾウの写真を、いわき市の大越章子氏はフジバカマの写真を、南相馬市の伊賀和子氏はサイカチ、メハジキ、ノビルとマクワウリの花の写真を、郡山市の山下俊之氏はムラサキの写真を提供頂いた。各氏のご協力に深く感謝申し上げる。

古典文法や作者の人間関係および歴史的背景については元くさの自然塾の伊東善政氏に、植物形態に関する記述については福島大学の黒沢高秀博士のご査読を頂いた。この冊子には多くの人達の好意が込められている。各氏に深く御礼申し上げる。

最後に全ページのレイアウトを担当し、誤字、脱字、変換ミスなど細部にわたりチェック修正頂いた歴史春秋社の村岡あすか氏に心から深謝申し上げる。

参考にした文献

伊藤博著『万葉植物事典 万葉集を読む』北隆館
片岡寧豊著『万葉の花 四季の花々と歌に親しむ』青幻舎
小島憲之・木下正俊・佐竹昭広共著『日本古典文学全集 万葉集 一～四』小学館
山田卓三・中嶋信太朗共著『新版 万葉集巻一～四』現代語訳付き 角川ソフィア文庫

写真・標本提供

阿倍トシ子　鈴木為知
荒井誠司　須田昌宏
伊賀和子　長瀬美智子
伊東善政　馬場篤
薄葉満　古川眞智子
遠藤紘子　星 征四郎
大越章子　山下俊之
栗城英雄　湯澤幸代
小松朝子　渡邉紘
渋川初枝　（アイウエオ順）

福島県の万葉植物たち

2023年4月28日　初版発行

著　者　湯 澤 陽 一

発行者　阿 部 隆 一

発行所　歴史春秋出版株式会社
〒965-0842　福島県会津若松市門田町中野大道東8-1
電話　0242-26-6567

印　刷　北日本印刷株式会社

製　本　有限会社羽賀製本所